AIXÍ ÉS LA VIDA, CARLOTA

L'odissea
45

L'odissea

Narrativa per a joves

GEMMA LIENAS

AIXÍ ÉS LA VIDA, CARLOTA

Editorial Empúries

BARCELONA

Coberta: Ernest Folch
Il·lustració de coberta: Silvano Ferrari

Editorial Empúries, S. A., Peu de la Creu 4, 08001 Barcelona
Primera edició: abril de 1989
Segona edició: abril de 1990
Tercera edició: octubre de 1990
Quarta edició: juliol de 1991
Cinquena edició: octubre de 1991
Sisena edició: agost de 1992
Setena edició: maig de 1993
Vuitena edició: gener de 1994
Novena edició: agost de 1994
Desena edició: febrer de 1995
Onzena edició: juliol de 1995
Dotzena edició: juliol de 1996
Tretzena edició: juny de 1997
Catorzena edició: març de 1998
ISBN: 84-7596-197-5
Dipòsit legal: B. 9.739-1998
Imprès a Novagràfik, S. L., Puigcerdà, 127, 08019 Barcelona

Per als meus fills, en David i la Lara.
Per a l'Enric.

CAPÍTOL PRIMER

ERen, més o menys, les set de la tarda d'aquell diumenge i tornava, com cada dia des de dijous, de visitar en Ramon. Quatre dies!, i encara no m'havia acostumat a veure'l així. M'esgarrifava observar-lo, des de l'altra banda del vidre, amb el cap tot embenat, endollat a totes aquelles màquines, que l'ajudaven a respirar, que li controlaven els batecs del cor, que el feien viure artificialment... M'esgarrifava, sí, però no podia deixar d'anar-hi. Pensava que mentre jo fos allà, a la vora d'ell, no podia morir-se. Per això me'l mirava fixament i, sense paraules, el cridava pel seu nom. Però en Ramon continuava amb els ulls tancats, inconscient, navegant en un espai desconegut entre la vida i la mort. De tant en tant, la Júlia, la seva mare, plorava o ens deia, a mi i a la Berta: «Au, maques, no cal que us estigueu aquí tota l'estona; aneu cap a casa que ja us avisaré si hi ha algun canvi.» Nosaltres movíem el cap tossudament i ens quedàvem a l'hospital fins que s'acabava l'hora de visita.

Aquella tarda de diumenge, doncs, tornava a casa amb el cor ben encongit, com cada dia d'ençà que en Ramon havia tingut, amb la moto, l'accident que li havia deixat el cap malferit i la vida fràgil com la flama d'un llumí. Em sentia el cor, o el que fos, arrugat, arrugadet com una poma marcida, i se'm clavava, pesant com un menjar mal paït, a la boca de l'estómac. No em venia de gust res, només tancar-me a la meva habitació, estirar-me al llit i que em deixessin en pau. Però, tan bon punt vaig posar la clau al pany, ja vaig notar que els meus desitjos no podrien complir-se. No hauria sabut explicar per què tenia aquesta sensació i, en canvi, la tenia. La casa estava plena de silenci, d'un silenci estrany i dens (ni tan sols se sentia la música-per-a-sords del tocadisc del meu germà!). Tot estava quiet, aparentment tranquil, i, malgrat això, jo notava que una violenta tempesta es congriava damunt meu. Meu? Nostre?, és a dir, d'en Marc i meu (uf! segurament ens havíem oblidat d'ordenar el bany o, potser, tot era a causa de la baralla d'ahir pel jersei. La culpa va ser ben bé d'en Marc que, com sempre que em deixa una peça de roba, després em fa crits perquè o diu que no li he tornat i se l'ha hagut d'anar a buscar ell a la meva habitació o diu que li he tornat rebregada i tacada. Vaja, que sempre es queixa).

Vaig intentar entrar sense fer soroll, mirant de no cridar l'atenció. Sortosament el nostre pis és molt gran i, un cop vaig haver evitat el passadís que dóna a la sala, vaig poder esmunyir-me cap al meu territori sense ser vista. I, just quan estava tancant la porta darrere meu, vaig sentir: «pst pst». Vaig tombar-me i vaig veure en Marc, que treia el nas des del seu antre (de fet, jo l'anomeno el seu antre per fer-lo empipar, però he de reconèixer que sempre ho té tot més ordenat que jo).

—Acosta't, pàmfila, ¿no veus que vull parlar-te?.

—Mira, espècie de cretí, si comences així no penso fer-te cas.

—Va, nena, deixa't d'històries... —va fer en Marc amb veu conciliadora mentre obria la porta de bat a bat.

—Molt bé.

Vaig aprofitar la treva i vaig entrar a la seva habitació. Em vaig asseure al llit, que tenia el cobrellit rebregat i el coixí ben masegat, prova que el meu germà, tan actiu com sempre, s'hi havia passat la tarda ajagut.

En Marc va treure's un paquet de tabac de la butxaca de la camisa. Em va oferir un cigarret. Jo vaig fer que no amb el cap (no estic disposada a destruir-me els pulmons amb el tabac). I em vaig dedicar a rosegar-me una pell d'un dit, sense demostrar sorpresa; com si fos la cosa més normal d'aquest món que el teu germà de tretze anys es posi a fumar tan tranquil·lament una tarda de diumenge. Ell va encendre'l amb molt poca traça. Es notava que era un inexpert. Durant uns segons cap dels dos no va dir res i només miràvem els espirals de fum pujant cap al sostre.

—Em sembla que tindrem sarau— va comentar en Marc.

—Per què? —vaig preguntar, sense explicar-li les meves impressions de feia una estona.

—Els he sentit barallar-se...

—Quina novetat! —vaig riure-me'n.— Fa dos anys que es barallen. No voldràs que m'amoïni ara per això, oi?

—No, és clar que no. Però avui hi ha alguna cosa diferent...

No va tenir temps d'explicar-me per què aquella tarda no li semblava com les altres; just quan acabava de pronunciar aquestes paraules, es va obrir la porta i va aparèixer el pare amb cara de circumstàncies. Vaig pensar: «ara s'organitzarà..., s'empiparà perquè en Marc està fumant i perquè jo he tornat a casa i ni tan sols he saludat». Però no. M'equivocava. El pare feia cara d'estar molt cansat i molt trist, i de no veure res del que passava al seu voltant. Ni tan sols va ser capaç de notar la burilla del cigarret, que encara fumejava, precipitadament esclafada en el cendrer. Va dir, mentre s'alçava les ulleres i es refregava els ulls:

—Voleu venir un moment a la sala; la mare i jo us hem de parlar.

Allò no feia gaire bona espina. Insisteixo. No sé què m'ho feia intuir, però hi havia alguna cosa que no rutllava a l'hora. Mentre caminàvem pel passadís cap a la sala, vaig començar a rumiar molt de pressa per veure si era capaç d'encertar-la, i no en vaig ser. Però, tot d'una, em vaig sentir incòmoda i una mica espantada.

La mare estava a la sala, dreta al costat de la finestra, havia enretirat una mica les cortines i mirava cap al carrer. Quan ens va sentir entrar, va tombar-se per observar-nos i tenia els ulls botits de tant plorar. La mica d'incomoditat que abans notava se'm va transformar en por i se'm va posar la pell de gallina.

—Seiem? —va preguntar el pare, i va fitar la mare com si sense el seu consentiment no fos possible.

La mare va fer un gest amb el cap que volia dir que sí, que d'acord, i els seus rínxols van moure's dolçament.

En Marc i jo vam asseure'ns al sofà i el pare va esfondrar-se a la butaca de pell gastada, la que sempre fa servir per llegir. Es va tornar a mirar la mare, com si li demanés que, per favor, vingués a asseure's amb nosaltres, que si no no podia començar.

La mare va venir. Va posar-se al meu costat i em va tocar els cabells. Va somriure molt lleument, com si li fes vergonya i se'n volgués amagar.

—Com està en Ramon? —va xiuxiuejar-me.

—Igual —vaig contestar-li. I, encara que no li vaig dir, vaig agrair-li l'interès. La mare semblava l'única persona de la família que sabés que en Ramon havia tingut un accident de moto.

El pare es va escurar el coll. La mare va començar a tocar un encenedor d'alabastre que hi ha al damunt de la taula baixa i vaig pensar que era un encenedor francament horrorós; em semblava que no li agradava a cap de nosaltres, però fa tants anys que és allí al damunt que ja ningú s'adona que hi és i, per tant, ningú no fa res per treure'l. I la mare vinga repicar les ungles damunt l'alabastre. M'estava atacant els nervis. Perquè s'estigués quieta, vaig utilitzar una de les meves tècniques preferides: li vaig mirar fixament les mans amb ulls assassins. De vegades dóna resultat, però no sempre, i especialment amb la mare aquesta tècnica sembla condemnada al fracàs. Retitic, retitic, retitic, feia l'ungla. Vaig observar en Marc de reüll per saber si també s'estava posant nerviós, però en Marc estava serè, com de costum (m'agradaria conèixer el seu secret, ¿com s'ho deu fer per no perdre mai la calma? Vaja, o només perdre-la de tant en tant, per exemple, quan jo li embruto els jerseis).

La mare va parar de jugar amb l'encenedor i va encendre un cigarret. Va xuclar-lo i va empassar-se el fum amb una inspiració profunda.

—Bé, no és pas fàcil dir-vos el que us hem de dir, però, com que ja sou grans, el millor deu ser que us ho expliquem sense embuts.

«Ja seria hora», vaig pensar jo, que, d'altra banda, estava ben sorpresa de veure que era el pare i no la mare qui dirigia l'operació i el que pensava fer ús de la paraula. «No és normal», vaig dir-me. Però no vaig fer cap comentari perquè m'adonava que era millor callar. Vaig mirar-me el pare amb cara de molta atenció, que és la mateixa que faig a classe de llengua i que acostuma a funcionar. El pare devia sentir-se animat per l'interès que li demostrava (sort de mi!, perquè en Marc feia cara d'estar mig adormit; m'hauria agradat donar-li una patada per espavilar-lo, però no vaig gosar. L'ambient era massa tens i em va semblar que no seria ben rebuda, ni per ell ni pels grans). El pare va continuar:

—Al gra, doncs. La mare i jo hem decidit que durant un temps ens calen unes, diguem-ne, vacances matrimonials. És a dir, que ens convé, durant un temps, no viure junts.

Va ser com si m'haguessin deixat anar un sac ple de sorra al damunt. De tan parada com estava no podia ni parlar. La cosa era molt més greu del que jo havia sospitat! Vaig espiar en Marc de reüll i vaig veure que s'havia eixorivit de cop i se'ls mirava tots dos, ara la mare, ara el pare, amb expressió de total incredulitat. Tenia els ulls tan brillants que semblava que estigués a punt de plorar. Jo també m'hi sentia ben a punt. Notava que el meu cor estava molt més arrugat que abans i que em pesava encara més, tant que gairebé no podia ni respirar. Unes *vacances matrimonials*, ¡com si ens maméssim el dit i no sabéssim el que això significa...! Tinc massa amics que tenen els pares separats per ignorar que si un dia ells et convoquen per anunciar-te que durant un temps els cal viure cadascú pel seu compte això vol dir que han decidit separar-se. El que passa és que no tenen coratge per dir-ho de cop als fills, ni per reconèixer-s'ho ells mateixos. Però, vaja, a mi no m'enganyaven.

—...podeu entendre a l'edat que teniu (el pare devia fer una estoneta que parlava, però jo no me n'havia adonat perquè estava rumiant el que acabava d'escoltar). No és fàcil per ningú, ni per a vosaltres, ni per a nosaltres. Però ja ens en sortirem.

«Quina barra!», pensava. Ells, almenys, han pogut prendre la decisió. I discutir-la. I pair-la. Però a nosaltres, a en Marc i a mi, ¿qui ens ha demanat el nostre parer? ¿Ens han preguntat si hi estàvem d'acord o no?

No sabia què era més fort dins el meu pit si la tristesa de pensar que ja no viuríem més plegats o la ràbia de sentir que no havien considerat en absolut la nostra opinió en tot aquell afer. Tenia moltes ganes de deixar anar el que pensava o de preguntar com ens organitzaríem i quan trigaria a marxar el pare, però no gosava, perquè tenia por de posar-me a plorar com una bleda. Em sentia tan tova, tan empipada, tan trista,...

—De manera que us separeu...—va borbollar en Marc amb una veu que no li coneixia. Una veu boirosa, mig desmaiada. (Em va deixar ben parada en Marc, per una vegada s'havia adonat de què anava la pel·lícula. No ho tenia per costum. Normalment quan prenia consciència de les coses, ja feia estona que havien passat).

—No, Marc, no està clar que ens separem. Jo he parlat d'un temps de separació.

Vaig girar-me cap a la mare per veure què hi deia. Volia captar si en Marc i jo ens equivocàvem en les nostres suposicions. Perquè estava clar que en Marc i jo interpretàvem d'igual manera el que estava dient-nos el pare. I, tot d'una, la mare em va semblar molt més vella que aquell matí mateix. Tenia els ulls i el nas inflats i vermells, com si tingués un refredat d'aquells tan espantosos. No anava gaire ben pentinada, i els rínxols foscos i curts li queien per davant de la cara. Era estranya en ella aquella deixadesa, perquè normalment la mare és força presumida. I vaig adonar-me que s'havia aprimat molt. No m'hi havia fixat fins aleshores. Els solcs que normalment té a banda i banda de la boca semblaven més profunds que mai. Em va fer pena. Només en aquell moment vaig preguntar-me de qui devia ser la culpa. I vaig girar-me cap al pare violentament, amb ressentiment. Però no tenia aspecte de culpable, tampoc. Tenia un aire desemparat i perdut. També ell semblava que s'hagués envellit de cop. Els pocs cabells que li quedaven se li estaven tornant blancs a l'alçada de les temples. Les mans li tremolaven. Em vaig sentir molt vella jo també.

El pare havia acabat de parlar i tots escoltàvem la mare, que no aportava res de nou, simplement tornava a dir, amb paraules diferents, el que ja sabíem.

—Quan...?— va començar a demanar en Marc, però no va poder continuar perquè la veu se li va entelar.

El pare, que, com tots, havia endevinat la pregunta, li va contestar:

—Aviat marxarà.

—MARXARÀ? —vam saltar alhora en Marc i jo amb incredulitat.

—Qui marxarà? —vaig insistir i em va sortir una veu tan aguda que no em va semblar la meva.

—Jo —va respondre la mare i, com que s'adonava de la nostra sorpresa, va afegir—: ¿Què és el que us estranya?

Efectivament, la mare no s'equivocava: el fet que fos ella la qui marxés de casa em sorprenia. Ens sorprenia, hauria de dir, perquè, a jutjar per la cara de babau que feia en Marc, tampoc no s'ho havia esperat. No era habitual. Menys que habitual: cap família no s'ho muntava així. És a dir, que no tan sols els pares tenien les penques de prendre les decisions unilateralment, sinó que a més s'ho organitzaven tan malament com podien. N'estava segura: si la mare marxava, tot aniria de gairell. Perquè s'ha de reconèixer que l'única persona de la família que s'ocupa de la casa és la mare, tot i que es passa el dia clavant-nos la pallissa de la igualtat: que si la dona i l'home tenen els mateixos drets, que si ja era hora que la dona entrés en el món laboral, que si tothom ha de col·laborar en les tasques de la casa, etc. (quan es posa així, el pare i en Marc —i jo també una mica, encara que no ho hauria de fer— riem d'ella i li diem que treu la bandera lila, és a dir, la bandera del color de les feministes). Però, en realitat, si la mare no s'encarrega de fer funcionar la casa, no se n'encarrega ningú. Sovint ella es queixa que cap de nosaltres no l'ajuda, i el pare sempre li contesta el mateix: «digues què cal fer i ho faré». Però ella remuga i explica que no es tracta pas d'això, de fer exactament el que ella digui, sinó de tenir iniciatives i de pensar, per exemple, que s'ha acabat el paper higiènic o de començar a fer el sopar quan ella es retarda. Així que, ostres!, si des d'ara era el pare qui s'havia d'encarregar de fer rutllar la casa, anàvem bé.

En fi, vaig decidir que havia arribat el moment d'intervenir. Vaig contestar la pregunta de la mare:

—És clar que ens estranya. ¿Qui més coneixes que ho hagi fet així? Ja és prou fort que us separeu perquè, al damunt, feu una cosa tan estrambòtica.

Quan vaig haver acabat de parlar, hauria desitjat fondre'm. La veu m'havia sortit tan plena de ràbia... I no era això el que volia.

La mare va posar-se a plorar molt baixet, gairebé sense fer soroll. El pare va alçar-se i se li va acostar per consolar-la, però ella el va rebutjar suaument, com feia sempre últimament. En Marc va mirar-me pel damunt de l'esquena del pare i em va fulminar amb la mirada. Però, sortosament, no em vaig desintegrar. Ni tan sols li vaig tornar la mirada; no estava d'humor.

La mare s'havia tranquil·lizat una mica i el pare, que s'havia tornat a asseure, ara feia cara d'empipat. Ningú no deia res i aquella estona estava feta de glaç. Jo tenia, fins i tot, les mans fredes i la pell de gallina. Per endolcir una mica l'ambient vaig preguntar, amb una veu aparentment desimbolta:

—Així doncs, ¿quan és que marxes, mare?

—El mes vinent —va contestar ella amb veu de nas. I després va mocar-se amb un mocador de paper. Damunt la tauleta baixa del davant del sofà hi havia una bona pila de boletes de paper arrugades i el nas de la mare cada cop estava més inflat.

—¿I on aniràs a viure? —va voler saber en Marc.

«Bona pregunta», vaig pensar jo. Perquè si la mare se n'anava a viure a un altre lloc, segur que en Marc i jo la visitaríem. De manera que em semblava interessant conèixer on s'instal·laria.

—He trobat una casa antiga no gaire lluny d'aquí. Ara està molt vella i feta malbé, però confio que quan hi vagi a viure farà una mica més de goig.

No vaig poder evitar mirar al meu voltant, aquelles parets, el nostre pis. Era gran i confortable. No li faltava res, per al meu gust. I ara la mare havia de començar de nou. ¿No li feia mandra? ¿Tan greu era la situació amb el pare? I jo que m'havia imaginat que ja s'havien fet a la idea de passar-se la vida com gos i gat. Perquè, de debò, feia molt de temps que les coses no rutllaven entre el pare i la mare. Quant de temps feia, no ho puc dir exactament, perquè el dia que vaig adonar-me que es barallaven per qualsevol nimiesa vaig adonar-me, també, que la situació no era nova. Vull dir que tot plegat devia fer molt de temps que s'havia espatllat i jo no ho havia notat. Realment, com diu la Mireia, no te'n pots refiar ni una mica. Els pares...!, quan menys t'ho esperes ja te l'han feta.

—¿Compraràs els mobles nous? —va preguntar en Marc.

—De mica en mica, fill, de mica en mica. Heu de pensar que caldrà adaptar-se a la nova situació, perquè no és el mateix viure amb dos sous que amb un.

—A més de moment tampoc no cal fer gaire despeses, perquè ja sabeu que la separació és temporal —va afegir la mare, amb una veu que ni ella mateixa es creia el que acabava de dir.

Jo vaig mirar-me en Marc i ell em va mirar a mi, i tots dos pensàvem el mateix: allò no tenia remei. Passàvem a ser uns més en la llarga llista de fills de separats.

CAPÍTOL SEGON

SENYOR, Senyor! Ara ja m'havia ben convençut que la mare s'havia tornat totalment boja. Reconec que no ho havia pensat fins al moment en què ens vam aturar al davant de la porta de la que havia de ser la seva-nostra casa nova. Però, aleshores, enfront d'aquella porta de fusta, vella, mig podrida, tronada, sí que ho vaig començar a sospitar. I quan vam entrar a la casa...

En Marc i jo ens vam mirar al·lucinats. La mare, en canvi, estava tan contenta (o feia comèdia, però en tot cas la feia molt bé) mentre ens ensenyava el nou lloc on viuria, que no li volíem espatllar la festa. De manera que li seguíem la beta.

—Aquí teniu la nostra casa —va explicar-nos, mentre acabava d'obrir el porticó de la finestra que hi havia al costat de la porta d'entrada.

El porticó va fer nyeeec, i la mare va espolsar-se les mans. Uns quants trossos de pintura resseca havien caigut a terra, al damunt de les rajoles empolsegades. La llum del sol amb prou feines aconseguia travessar la pols que embrutava el vidre.

La mare se'n va adonar i va obrir la finestra de bat a bat.

—Caldrà netejar-ho tot una mica, oi? —va explicar més que no pas va preguntar, amb un somriure clar com un dia d'estiu.

En Marc i jo vam dir que sí sense massa convicció, només per fer-la feliç. Però ja es veia que aquella mena de casa de la bruixa de cap de les maneres podia arribar a ser un lloc habitable.

La mare va començar a moure's al davant nostre per mostrar-nos el camí. El camí s'acabava ben aviat.

El rebedor era quadrat i molt petit. En una paret, la que donava al carrer, hi havia la porta d'entrada i la finestra bruta. En el rebedor hi havia tres portes més: una a cada paret de la peça. La porta de l'esquerra i la de la dreta s'obrien respectivament a dues habitacions molt petites.

—Les vostres habitacions —va comunicar la mare amb orgull— ¿Què us semblen?

LES NOSTRES HABITACIONS! Les habitacions on hauríem de dormir i estar-nos els dimecres de cada setmana i els caps de setmana alterns, a partir del moment en què la mare marxés de casa!

Jo vaig alçar les celles. En Marc em va clavar un cop de colze per evitar algun comentari meu fora de lloc (i sort! perquè ja estava a punt de dir que ens caldria encongir-nos una mica per poder estirar-nos en els llits que farien joc amb les habitacions). I, finalment, vam deixar sense resposta la seva pregunta.

La mare va obrir la tercera porta del rebedor i, després de passar per un petit distribuïdor, vam entrar a una sala gran. A l'esquerra d'aquesta sala hi havia un bany força esquifit i una habitació bastant espaiosa, la de la mare.

La sala estava en la penombra i gairebé no ens hi vèiem. Tot d'una, alguna cosa fastigosa i repugnat va tocar-me la cara i jo, com una bleda, vaig xisclar (en Marc, naturalment, ho va aprofitar per deixar-me anar una beneiteria de les seves, i jo li vaig fer una ganyota, que no va poder observar perquè estava massa fosc).

—Va, Carlota, no siguis histèrica, que només és una teranyina —va esbroncar-me la mare, i va anar de pressa a badar els finestrals de la paret dels fons.

—També hauria pogut ser un rat-penat— vaig remugar, jo.

Ningú, però, no es va prendre la molèstia de respondre'm, perquè el que vèiem a l'altra banda dels finestrals oberts era prou engrescador per captivar totalment la nostra atenció. El sol entrava fins a la sala sense cap mena de contenció, com qui aboca una galleda d'aigua i ho deixa tot xop. Tots tres vam avançar cap als raigs daurats, que, plens de partícules de pols, queien obliquament damunt les rajoles brutes. La gran portalada donava a un espai obert, una mena de jardí salvatge, on les plantes creixien desordenadament i s'abraçaven les unes amb les altres. Les herbes eren altes, semblava que fes moltíssim temps que ningú no hi posava els peus, allí. El jardí era un desgavell magnífic. L'aire feia olor d'herbes aromàtiques, especialment de menta.

Vaig separar-me dels altres per buscar el matoll de menta i no vaig trigar gaire a descobrir-lo. M'hi vaig refregar les mans i, després, vaig tancar els ulls i les vaig olorar.

—¿Què redimonis fas, Carlota? —va preguntar la mare.

I jo vaig tenir un ensurt com si m'hagués enxampat fent una cosa inconfessable. Al capdavall, tampoc no era tan greu tancar els ulls, olorar-se les mans i fer cara de babau.

—¿Què us sembla? —va preguntar la mare, que aquell

dia no estava precisament gaire original i tota l'estona preguntava el mateix.

—Molt millor que la casa —vaig saltar jo sense poder reprimir l'impuls.

Sort que la mare no va semblar que s'adonés de les meves paraules. En realitat, ni ens mirava ni ens escoltava. S'havia quedat abstreta, contemplant el mur del fons del jardí, que era cobert de mareselva. De mica en mica els ulls se li van anar omplint d'aigua. Els últims raigs de sol del capvespre li van esquitxar l'iris de llums verdes i daurades.

I aleshores em vaig adonar que ja era molt tard i que si no m'afanyava no arribaria a temps de veure en Ramon. Havíem quedat amb la Berta que ens trobaríem davant de la porta principal de l'hospital a les set trenta, i ja eren les set i cinc.

No sabia com dir-li adéu a la mare, perquè no volia quedar com una grollera. Però no tenia més remei que ser directa, sinó corria el risc d'eternitzar-me en l'acomiadament (la mare té una inoportuna tendència a ser paparra just en el moment en què se'ns acut marxar: que si on vas, que si amb qui vas, que si a quina hora tornaràs, que si truca si t'has de retardar, que si vés amb compte,...).

—Adéumaremenvaig. —Així, tot d'una tirada, perquè no tingués ni temps de reaccionar (que és una altra tàctica que també faig servir sovint).

—Adéu, Carlota, no tornis tard, vés amb compte —es va sentir de lluny, des del capdamunt del núvol de pensaments on s'havia perdut la mare.

Realment, aquella no era la meva mare, que me l'havien canviada!

En Marc va contemplar-me amb cara de ressentiment:

«traïdora», semblava que digués, «per què m'abandones en un moment així?».

—He d'anar a veure en Ramon —em vaig justificar.

I ell va alçar les espatlles amb resignació perquè, en el fons, ho entenia.

Vaig deixar-los plantats tots dos i vaig trotar pels carrers per agafar l'autobús.

«Uf!», vaig respirar a fons quan vaig ser a dalt i ja pagava el bitllet. M'havia ben asfixiat amb la cursa, però almenys no arribaria tard a la cita.

Asseguda al costat d'una finestra, vaig anar observant com la nit queia a poc a poquet damunt la ciutat i, de passada, damunt del meu cap. Tornava a tenir una poma arrugadeta en comptes de cor i em sentia la noia més desgraciada de la ciutat. No. No tan sols de la ciutat, sinó del món sencer. La mare diu que jo tinc una gran vocació d'actriu tràgica i que sempre ho exagero tot. I és veritat que en sóc, d'exagerada, però aquesta vegada tenia motius sobrats per sentir-me infeliç. Els pares, que havien decidit separar-se, i el noi que m'agradava, a punt de morir-se.

Vaig baixar de l'autobús i vaig fer l'últim tros de camí a peu. De seguida, quan era a la vora de l'hospital, vaig veure la Berta i quasi la meitat de la classe al davant de la porta. Vaig buscar entre aquell grup tan nombrós la Mireia, però no hi era.

—Hola, Carlota. ¿Com anem? ¿Millor que ahir? —va preguntar-me en Pau amb aires de confidència, perquè jo aquell matí, a l'hora de pati, havia comès la indiscreció d'explicar-los, a ell i a la Berta, el que havien resolt els meus pares. No sé ni per què ho havia fet. En realitat, ni ell ni la Berta no eren de la meva colla i no hauria calgut comentar-los res. La Berta i en Pau són repetidors i, per tant, són dels més grans de la classe, com en Ramon. Tots ells tenen setze anys. En canvi, la Mireia i jo en tenim catorze, o sigui, som de les petites. Potser per això en Ramon mai no m'ha fet gaire cas, ni l'any passat que anàvem a cursos diferents, ni aquest any quan vam començar a fer el mateix curs. I, és clar, després del seu accident, em va semblar aconsellable acostar-me a la Berta per poder anar-lo a visitar. Hauria quedat tan estrany sinó. Tal vegada per totes aquestes raons els havia fet unes confidències que no havia d'haver fet i que ara em pesaven.

Em vaig sentir una mica incòmoda, pel seu to (si se li acudia comentar-li a algú l'afer dels meus pares, em sentiria...) i perquè no sabia què hi feia allí tanta gent. De manera que vaig decidir ignorar en Pau — perquè s'adonés que no volia ser interrogada sobre aquella qüestió al davant dels altres —i vaig fer cara d'empipada, cosa que no em va costar gaire, ja que començava a estar-ho de debò. Potser per culpa de tots aquells tòtil·les em quedaria sense veure en Ramon.

—¿Es pot saber què hi feu tots aquí? ¿Que us penseu que ens deixaran entrar si som tants? I, a més a més, ¿que teniu prou «passis» per poder visitar en Ramon?. —Em va sortir així, molt de pressa, sense pararme a prendre l'alè. Vaig adonar-me que, sense haverm'ho proposat, havia fet la cara que el pare anomena «dels mil ganivets sortint-me pels ulls». I, realment, no era la meva intenció. A més, segurament la gent de la classe no devien poder entendre que em posés tan furiosa la idea de quedar-me sense visitar en Ramon. Tret de la Berta, ningú més no sabia que ell m'agradava. Vaig endolcir el to, més del que hauria estat necessari, per compensar la meva acritud.

—Jo crec que seria millor si hi entràvem només quatre o cinc (allò era tota una concessió, perquè, en realitat, m'hauria agradat anar-hi jo sola, o en tot cas, acompanyada de la Berta)—. ¿No trobeu?

La meva veu de mel va fer el seu efecte i va neutralitzar les paraules coents d'abans.

Va poder-se escoltar amb nitidesa un murmui general que expressava conformitat. No podia interpretar-se d'altra manera.

—¿Qui entra, doncs? —va preguntar l'Àlex.

—Ens ho farem a sorts —va opinar la Mariona?

Jo m'estava posant molt nerviosa, perquè l'hora de visita que donaven a l'hospital se'ns estava fonent, però no vaig dir res. Vaig mirar com s'ho rifaven i vaig continuar esquivant els ulls d'en Pau, que es moria de ganes de saber com m'havia anat la visita al nou domicili de la mare. En canvi, vaig acostar-me a la Berta, que em mirava amb ulls de complicitat. «Ara el veuràs», va animar-me.

L'Àlex i l'Anna.

—Va de pressa, que es fa molt tard —va protestar en Pau, que havia donat per sobreentès que ell, com la Berta i jo, tenia el privilegi de visitar en Ramon sense necessitat de prendre part en el sorteig.

I tots cinc vam pujar les escales de l'hospital i vam gambar pels passadissos, tant de pressa que una mica més fem caure una senyora amb bata de flors i tot, que carranquejava amunt i avall per matar l'estona o perquè el metge li havia recomanat. La situació va ser particularment delicada, ja que va anar d'un pèl que la senyora no rodolés per terra. Primer va fer equilibris amb un peu, després amb l'altre i, finalment, va quedar-se quieta, amb les cames eixarrancades.

Nosaltres, que l'havíem mirat de lluny amb una certa angúnia, quan vam comprovar que tot es limitava a una simple pirueta que no arribava a fer-la caure i que, després de recuperar l'estabilitat, ella alçava el bastó i ens amenaçava, vam esclatar a riure tots alhora, com si ens haguéssim posat d'acord. Rèiem tant que gairebé no podíem ni caminar. Avançàvem a poc a poc, amb les cames juntes, els genolls tocant-se, el cos agitat. Teníem les cares congestionades, vermelles.

A mi, els ulls se m'havien omplert de llàgrimes. Després, vaig sentir-me les galtes humides. I, com més em deia a mi mateixa que havia de controlar-me, que no podia pas arribar a la zona on era en Ramon amb aquell atac incontenible, més ganes tenia de riure.

De vegades, ni jo mateixa m'entenc. Feia una estoneta, a l'autobús, tan trista que em trobava; i, en canvi, ara em cargolava de riure i no podia fer-hi més. Quasi em sentia feliç.

Les rialles se'ns van estroncar de cop en ser a prop de la vitrina d'en Ramon. La vitrina, sí, perquè ¿de quina altra manera podria anomenar-se aquella finestra de vidre darrere de la qual hi havia en Ramon en el llit, com si estigués exposat?

La persiana encara era alçada. Això volia dir que havíem arribat a temps de veure'l. Els seus pares eren al davant de la finestra, amb el nas enganxat als vidres. Tenien les mans agafades. Quan van sentir-nos arribar, van girar-se cap a nosaltres. El seu aspecte era macilent. Semblaven de cera.

Jo només li tenia confiança a la Júlia, a qui coneixia de molt temps enrere, ja que treballa a la cuina de la meva escola. El pare d'en Ramon, però, m'imposava una mica perquè no l'havia tractat gens. Vaig fer-li un petó, a ella.

—¿Alguna novetat? —vaig preguntar inútilment, perquè era ben clar que tot continuava igual.

En Ramon estava estirat al llit, tapat per un llençol, amb els ulls tancats, la cara apacible. Algú havia dit que tenia el cap destrossat pel cantó que justament quedava fora de les nostres mirades. Costava de creure. Costava de creure que encara dormís a mig camí entre la vida i la mort. Semblava que tan sols estigués adormit. Però no ho estava, i s'encarregaven de recordar-m'ho les benes del cap, els tubs que li sortien del nas, el gota a gota que se li infiltrava pel dors de la mà, els monitors que controlaven les seves constants vitals,...

Pip... pip... pip... Aquella llumeta que apareixia a la pantalla, la travessava de pressa com un pensament i desapareixia, era el cor d'en Ramon. No hi podia fer més, jo. La visió de la llumeta-cor m'angoixava i alhora em fascinava. No podia treure-hi els ulls del damunt. Pip... pip... pip... Si es parava, s'havia acabat en Ramon.

Tenia la sensació que ja no tenia cor, jo: ni com una poma marcida, ni com un pansa. Res, que se m'havia fos de tant patir. Em notava la gola resseca i els ulls entelats. Però no era el moment de plorar. Vaig provar de pensar en una altra cosa per desviar l'atenció de la meva pena (aquesta és una altra tècnica que faig servir sovint, i, malgrat que no és fàcil, quan funciona, funciona molt). De manera que vaig posar-me a rumiar en el jardí de la mare. Quin jardí! Allò sí que m'havia agradat i no la casa. Una casa petita, empolsegada, vella, tronada, rònega, contrafeta, ecs! La meva habitació: un nyap; l'habitació d'en Marc: un altre nyap; la cuina...: La cuina!! Si no n'hi havia, de cuina...! ¿Però com podia ser que fos inexistent i jo fins ara no me n'hagués adonat? Li havia de preguntar a la mare com s'ho pensava fer. Potser havia decidit passar-se descaradament al sistema dels entrepans i truitetes-com-a-molt. Doncs sí que anàvem fins! Amb el que a mi m'agraden els fricandós i els macarrons de la mare...

(Però, francament, els dies següents van passar tantíssimes coses que vaig oblidar-me de demanar-li què faríem sense cuina).

Zas, zas, zas. La infermera, amb el seu aire professional i distant, havia abaixat la persiana i ens havia separat d'en Ramon.

El pare d'en Ramon va agafar la Júlia per l'espatlla i suaument però amb fermesa va enretirar-la d'allí. A poc a poc vam anar cap a la sortida.

Mentre caminàvem pels passadissos, la Júlia ens explicava l'últim comunicat mèdic: encara que el període crític havia quedat enrere, l'estat d'en Ramon es continuava considerant desesperat. De fet, havien estat les primeres setanta-dues hores després de l'accident les que havien anguniejat més a tothom. Els metges, en aquell moment, acabada la intervenció en què li havien retirat uns coàguls de la part esquerra del cervell, havien dit que no podien pronunciar-se fins passats tres dies sencers, temps durant el qual ells creien —no volien donar falses esperances— que es produiria el desenllaç temut. La Júlia, al llarg d'aquells tres primers i llarguíssims dies, no parava de comptar el temps enrere, com si esperés que, acabat aquest període, en Ramon obriria els ulls i tornaria a ser el d'abans. Em sembla que tots una mica sentíem el mateix. Però, en començar el quart dia, l'estat d'en Ramon no va modificar-se ni una mica. Estava en coma profund i els metges eren més aviat pessimistes, malgrat que el perill més imminent havia desaparegut.

Vam sortir al carrer, on encara tota la colla ens estava

esperant. La Júlia va emocionar-se quan va veure que tanta gent del curs havia anat a l'hospital. Hauria estat impossible de dir si hi eren per en Ramon o per ella. Tots ens estimàvem la Júlia; la majoria de nosaltres la coneixíem des de petits, d'ençà que havíem començat a anar a l'escola.

Quan la Júlia i els seu marit van haver marxat, ens vam posar a comentar l'estat d'en Ramon i les possibilitats que tenia de sobreviure. La gent de la classe mostrava una certa tendència a pensar el pitjor. Jo gairebé no participava en la conversa general. Em negava a pronunciar, i ni tan sols a escoltar, paraules com: pèrdua de massa cerebral, centres afectats del cervell, coma profund, mort, enterrament...

Quan vam dir-nos adéu i vam anar-nos-en cap a casa (tots a peu o amb autobusos; aquells dies ens miràvem les motos amb respecte i una certa por), estava més trista que mai. Sentia que ja tornava a tenir cor, però creia que devia ser de plom perquè em pesava tant a dins del pit que, fins i tot, em costava caminar. Cada passa que feia em representava un esforç terrible. Em semblava impossible que tot allò pogués passar-me a mi. I, al damunt, considerava increïble que el món continués funcionant sense aturar-se, si jo tenia uns problemes tan greus com aquells. Però, certament, res no es detenia: la gent passava pel meu costat, s'afanyava per arribar a casa, entrava en una botiga per comprar menjar, xerrava amb qui tenia a la vora,... El meu món es feia a bocins, però el món dels altres continuava immutable.

CAPÍTOL TERCER

VAIG penjar només perquè ja estava tipa de les mirades assassines d'en Marc —que ni de lluny eren tan bones com les meves—i dels esbufecs de la mare cada vegada que entrava a la sala —un cop cada dos minuts, aproximadament—, i s'adonava que jo encara parlava.

—Ja no es pot ni telefonar en aquesta casa... —vaig dir amb veu de dignitat ofesa, que és una veu que em surt molt bé.

—Naturalment que es pot —va respondre la mare, també amb veu de dignitat ofesa (a ella, també li surt molt bé aquesta veu)—; però és que tots en tenim, de dret a telefonar. Ara, si la marquesa monopolitza l'aparell, els altres ens ho hem de pintar a l'oli.

«Senyor, quina barra!», vaig pensar jo, però no vaig dir-ho per no encendre més els ànims, que ja n'estaven prou. Semblava mentida que fossin capaços de fer-me retrets, ella i en Marc, quan ells acostumen a passar-se les hores mortes penjats de l'aparell. Especialment la mare... Últimament li havia agafat una dèria pel telèfon més aguda que mai. I gastava uns aires d'allò més misteriosos: tancava la porta de la sala, cosa que no havia fet fins aleshores, o, si nosaltres entràvem, interrompia la conversa per preguntar-nos que què volíem, i no es posava a parlar altre cop fins que no havíem marxat.

De debò de debò, el qui hauria pogut queixar-se amb motius de l'ús abusiu del telèfon a casa era el pare, perquè era l'únic que només el feia servir en cas d'absoluta necessitat i durant uns breus instants tot just (i, de fet, sí que se'n planyia, especialment si hi havia trucades a l'hora de menjar. Això no ho suportava).

Vaig ficar-me a la meva habitació, sense fer cas dels comentaris àcids d'en Marc, que em mirava amb impertinència des del seu antre. Ni tan sols li vaig dirigir una mirada fulminadora de les meves. Quan vaig tancar la meva porta encara vaig poder escoltar el seu riure de conill.

—És penós, pobret —vaig sentenciar amb veu molt baixa, només per a mi (però, en realitat, em meravellava el seu etern bon humor).

Vaig asseure'm a la cadira al davant de la taula que tinc per estudiar, sense cap intenció, de moment, de posar-me a fer els deures. Ja m'hi dedicaria més tard. Ara només volia concentrar-me en el que m'acabava de dir la Mireia. Perquè era amb la Mireia amb qui estava parlant quan la mare m'havia, sub-til-ment, obligat a penjar. Una tenia dret a parlar durant més d'una hora amb la seva millor amiga, especialment si aquesta es posava malalta just quan feia un mes que havia començat el curs i just quan a una li passaven les coses més greus de la seva vida.

Havia trucat a casa del pare de la Mireia, però no l'havia encertada. Encara que aquell era el dia en què li tocava estar amb ell, com que tenia febre i no podia sortir al carrer, s'havia quedat a casa de la mare.

Havia tornat a marcar l'altre número i m'havia sortit directament la Mireia, amb veu gangosa. No li calia aixecar-se del llit per contestar les trucades perquè la seva mare havia comprat un telèfon inalàmbric (m'encantaria tenir-ne un a casa, però no hi ha res a fer. La mare diu que van molt malament, que se senten molts sorolls, i el pare diu que NOMÉS! ens faltaria aquesta, que ens tancaríem a les nostres habitacions i no hi hauria manera de desenganxar-nos de l'auricular. I, quan diu això, també es mira la mare.)

Bé, li havia dit a la Mireia que estava molt trista i que no sabia què tenia, però que no em venia de gust fer res, tan sols ajeure'm al llit.

—Estàs depre, maca —havia dit entre dos esternuts.

Depre? Uix!, quina paraula tan fastigosa. Alguna vegada l'havia sentida fer servir per la gent gran, però se'm feia estranya en boca d'algú de la meva edat.

—Apa, depre! No diguis bestieses, Mireia.

La Mireia m'havia explicat que era una manera de dir, però que, en tot cas, aquell estat d'ànim li resultava familiar, que ella havia experimentat una sensació semblant quan, cinc anys enrere, els seus pares s'havien separat.

—I, sobretot, pel que més vulguis, no et rebolquis en la merda —havia afegit la Mireia mentre es mocava.

—Què dius, nena? No entenc què vols dir.

—Vull dir que no et passis tot el dia pensant que ets molt desgraciada perquè només aconseguiràs posar-te més trista, i no val la pena.

Va assegurar-me que m'entenia perfectament, que ella també s'havia sentit molt desgraciada i molt amoïnada quan els seus pares s'havien separat.

—No te'n recordes? —va preguntar-me.

Vaig fer memòria i vaig recordar que fins i tot la gana va perdre la Mireia en aquella època; ella que és tan golafre, que menja tot el dia.

La Mireia m'havia continuat explicant la seva manera de veure-ho. Deia que al començament t'ho passaves malament, que et feia pena i ràbia, però que, de mica en mica, t'hi anaves acostumant i que es presentaven situacions diferents de les que havies viscut fins aleshores i coneixies gent nova i altres maneres de viure i que, fins i tot, amb el temps, podies arribar-ho a trobar millor que no pas quan vivíeu junts.

—¿T'imagines què pot ser no haver de sentir ni veure més baralles entre ells? ¿T'imagines què pot ser que la teva mare rigui per qualsevol cosa i se la vegi feliç? ¿T'imagines què pot ser que el teu pare comenci a tornar a casa d'hora, primer perquè s'ha d'ocupar de vosaltres, i després perquè li fa il·lusió?

Només calia deixar passar un temps una mica llarg, perquè tots, especialment els pares, ens anéssim adaptant a la nova situació —això deia la Mireia— i, després, sovint el resultat era millor que abans.

Sí, aquesta era la seva opinió, però jo no sabia si hi estava gaire d'acord, perquè, malgrat les baralles, malgrat les cares tristes i malgrat tot, el que jo m'estimava més era que estiguéssim tots junts. A més, de debò que em costava imaginar-me que el pare pogués arribar a casa d'hora. Que jo recordés mai no era amb nosaltres abans de les nou, perquè, segons ell, les seves *obligacions professionals* el forçaven a quedar-se al despatx de les nou del matí a les nou del vespre.

—Fixa't en mi —insistia la Mireia—. Fa molt que ens coneixem, has vingut moltes vegades, ara i abans, a casa meva. ¿No et sembla que estem millor ara? ¿No et sembla que visc millor tenint dues mares i dos pares?

M'hauria agradat creure'm el que em deia, però no podia. Jo pensava que el meu cas era molt més trist que el de la Mireia, que jo era molt més desgraciada del que ella havia estat i la meva situació em semblava molt més complicada que mai no m'havia semblat la d'ella. Això no obstant, si algú m'hagués fet explicar per què el meu cas era pitjor, no n'hauria estat capaç; només hauria pogut dir que perquè era el meu, de cas.

—Ja m'ho sabràs dir d'aquí a uns mesos —va sentenciar la Mireia amb una veu tan esprimatxada que gairebé no la sentia.

—Què dius? —vaig preguntat-li mirant d'acostar bé l'orella a l'auricular, perquè entre la seva veueta desmaiada i els esbufecs-cada-dos-minuts de la mare no entenia què m'explicava.

—Res —va cridar la Mireia amb totes les seves forces, que eren poques perquè les havia esgotat pel camí, és a dir, per la conversa, a mesura que parlava amb mi—, que això dels teus pares no és tan greu com et sembla.

I, després d'aquestes paraules, com que vaig considerar una crueltat obligar-la a xerrar més i, d'altra banda, la prudència m'aconsellava deixar lliure el telèfon si no volia que la mare (que també té una gran tirada a l'art dramàtic, com jo) em fes un dels numerets de teatre que sol fer de tant en tant, vaig penjar el telèfon.

De manera que m'estava a la meva habitació, asseguda a la cadira al davant de la taula d'estudi, i rumiava el que m'havia manifestat la Mireia. D'una banda em sentia una mica més tranquil·la: potser sí que només calia donar temps al temps, com diu sempre l'àvia Anna (jo no l'havia entès mai quan feia servir aquesta frase, però ara en comprenia el significat; m'encaixava perfectament amb la situació). D'altra banda, estava una mica més trista perquè també havíem parlat d'en Ramon, i la Mireia ho veia tot força negre. Estava convençuda que en Ramon es moriria i que, a més, si se'n sortia, què? Si en Ramon mai no m'havia fet ni una mica de cas... ¿Per què me n'havia de fer a partir d'ara? (i tenia raó, pensava jo, però no li ho volia admetre fàcilment).

—Carlota! —va exclamar la mare de sobte, obrint la porta de la meva habitació d'una revolada.

Jo vaig fer un bot damunt la cadira i em vaig mirar la mare amb cara d'estaquirot, perquè em va costar una mica situar-me en el present.

—Carlota, me'n vaig; digues al pare que arribaré tard. No m'espereu a sopar. D'acord? El teniu a la nevera, el sopar; només cal que l'escalfeu en el microones.

Va deixar-ho anar tot com si volés, va fer-me un petó vaporós i distret de mare que té pressa i va sortir meteòricament de l'habitació. Jo vaig mirar-la marxar i vaig pensar que s'havia posat molt guapa. I durant uns minuts vaig poder ensumar, encara, la flaire del seu perfum abans que no es volatilitzés.

Quan ja gairebé m'havia oblidat d'ella i del seu perfum, va tornar a treure el cap per la porta, encara més meteòricament que abans, i va engegar a deu mil revolucions per minut:

—Ah! Digues al pare que vaig al teatre. M'han convidat uns amics. Adéu, que faig tard.

En realitat, no va dir ben bé això. Jo ho he escrit d'aquesta manera perquè s'entengui, però, de debò, el que va dir va ser més o menys:

—Ah, 'gues pare al teatre. M'han con'dat 'mics. Déu, tard.

I jo la vaig interpretar, cosa que, d'altra banda, em tocava fer sovint. Perquè, com que la mare sempre va per la vida amb la directa posada, alguns cops, quan parla, es menja les paraules i cal imaginar què està dient.

A casa tots en tenim força pràctica. No sé com s'ho farà quan se'n vagi a viure sola i hagi de parlar amb gent estranya que no li sap els trucs.

Aleshores sí, vaig sentir la porta del pis i vaig saber que en Marc i jo estàvem sols definitivament (definitivament fins que arribés el pare). Vaig adonar-me, amb gran sorpresa, que no se sentia la música-per-a-sords del tocadisc del meu germà. Potser en Marc s'havia mort, vaig pensar (més endavant vaig saber que qui s'havia mort irremissiblement era el vell tocadisc de maleta, i gairebé me'n vaig alegrar perquè una podia arribar a tornar-se sorda amb tants decibels arran d'orella). Vaig començar a inquietar-me, però l'alarma no em va durar gaire més de tres segons perquè, just en aquell moment, vaig escoltar un bram *deliciós*, cosa que demostrava que el meu germà era viu i empipador, com sempre.

—Foca asmàtica (de tant en tant m'anomena així perquè tinc una certa dificultat per respirar. Amable, oi?), puc passar?

Vaig callar deliberadament. L'única manera d'educar-lo una mica era ignorar-lo per complet.

—Tu t'ho perds, doncs —va declarar ell.

I em va semblar que s'allunyava.

Què devia voler explicar-me? Potser sabia alguna cosa interessant que jo desconeixia. Vaig mossegar-me la pell d'un dit i vaig determinar deixar la lliçó d'educació per a un altre dia.

—Pots entrar, si vols. Em sembla bé —vaig anunciar amb veu de princesa altiva.

Un, dos, tres, quatre i cinc segons va fer-me esperar *el rei* de la casa.

En Marc va treure el cap per darrere la porta i va fer unes quantes caigudes ràpides de pestanyes (em fa ràbia que les tingui tan llargues i espesses. Jo, en canvi, les tins escasses i curtes. La vida...)

—Parla, petit —vaig deixar-li anar quan ja havia entrat a la meva habitació i s'havia ajagut al meu llit.

Va deixar anar el seu riure de conill, va beure un glop del vas d'aigua que jo tenia damunt la taula d'estudi i va estovar-se el coixí (no fos cas que se li trenqués l'os que té a l'esquena), abans de dir-me amb cara de rata sàvia:

—Ja sé com s'ho farà la mare perquè les nostres habitacions no resultin tan petites.

—Com? —no vaig poder evitar que en el meu to s'hi notés la impaciència. Realment, tenia ganes de saber com aconseguiria entaforar-hi res, en aquells caus.

—Demanarà a un fuster que faci una tarima ben alta de fusta a cada habitació i, al damunt, hi posarà els llits. Hi pujarem per una escala de mà. A sota hi haurà una taula per estudiar i una cadira.

Que fantàstic!, una habitació gairebé amb dos pisos. Quina idea tan bona havia tingut la mare. Però, tot i l'alegria que em causava, no em vaig poder estar de dir:

—M'estimaria més no tenir un llit al damunt d'una tarima ni una escala de mà per enfilar-m'hi i, en canvi, que continuéssim vivint tots quatre junts.

En Marc va mirar-me amb una cara que només ell sap fer, i que jo, per molt que m'hi esforci, no aconsegueixo d'imitar-l'hi. Va fer la seva coneguda cara de persona pràctica.

—Doncs jo, com que això dels pares veig que no té remei, el que vull, sobretot, és que m'empipin poc i estar el millor possible.

Va tornar-me a mirar amb cara de persona pràctica. I, aquesta vegada, la cara volia que jo li donés la raó, que em manifestés d'acord amb el que deia. Però jo no podia. I com que ell em devia veure la pena abocada als ulls, va fer un somriure de germà afectuós i va afegir:

—Vinga, Carlota, que no n'hi ha per tant. Anima't una mica.

Vam continuar una bona estona xerrant i estàvem tan engrescats amb la conversa que ens havíem oblidat de qualsevol cosa que no fóssim nosaltres, de manera que no vam sentir el pare, que acabava d'entrar.

—Bona nit, nois. On és la mare? —va preguntar quan ja era a dins de l'habitació, mentre s'afluixava el nus de la corbata (el pare és director d'una petita agència de viatges i, per la mena de feina que fa, sempre ha d'anar amb americana i corbata).

Vaig pensar que era una actitud ben curiosa la d'interessar-se abans que res per ella. Una actitud pròpia del pare, vaig dir-me. Un costum que hauria d'oblidar quan la mare ja no visqués amb nosaltres. I em va semblar un nen petit i desemparat, gairebé més que no jo.

Vaig alçar-me del llit, on era asseguda als peus d'en Marc, i vaig llençar-me-li al coll per fer-li un petó. El pare me'l va tornar sense fixar-s'hi gaire i va insistir:

—On és la mare?

—Ha hagut de marxar —vaig explicar-li jo, mentre li feia pessigolles al coll.

—Marxar? A on?

—Al teatre, amb uns amics —vaig respondre alçant les espatlles amb una certa indiferència perquè, quan el teu pare s'entesta a fer-te una i altra vegada la mateixa pregunta i a ignorar les pessigolles que tu li fas, val més deixar-lo tranquil.

La meva resposta l'havia posat fora de combat durant uns segons. Feia una cara semblant a la que faig jo quan em llenço al mar a l'estiu i l'aigua està molt més freda del que em pensava.

—Ha dit quan tornarà?

—No. Ha demanat que no l'esperem.

A mesura que li contestava les preguntes, el cap se li anava ensorrant entre les espatlles, i les espatlles se li anaven encorbant. Més que un pare semblava un avi, en aquell moment.

—Aneu a parar la taula i a preparar el sopar —va demanar, quasi sense ni mirar-nos.

I jo vaig confirmar el que ja em temia: el pare, per organitzar la casa, res de res (perquè, ¿quin sopar calia fer si ell no ho decidia? Sort que la mare ho havia deixat tot a punt!). Però el temps em va demostrar que m'equivocava força; el pare mai no va arribar a tenir una organització tan perfecta com la de la mare (qüestió de caràcters!), però aviat va aprendre a preveure les coses que podien necessitar-se i a fer funcionar la casa amb prou agilitat.

Vaig posar la sopa al microones, vaig seleccionar el temps i vaig prémer el botó. L'aparell va engegar-se immediatament, mentre el plat giratori, damunt del qual hi havia la sopera, començava a donar voltes.

Mentre s'escalfava el primer plat i en Marc batia els ous per a les truites, vaig acostar-me, sense fer soroll, a la sala per veure què feia el pare, tan silenciós.

I no feia res! S'estava assegut a la seva butaca de pell, sense llegir, ni escoltar música, ni resoldre els mots encreuats del diari. Tenia la mirada fixa en un punt perdut enfront seu i les mans caigudes al damunt de la panxa. Una panxa bastant prominent, per cert!, perquè, malgrat els partits de tennis dels dissabtes, el pare està una mica grassonet. Les galtes li penjaven més que de costum (això li passa sempre que està trist. Quan està alegre, la mateixa força del somriure les hi tira cap amunt). El pare acabava de fer quaranta-tres anys i semblava força més gran que la mare, tot i que només se'n portaven cinc.

—A sopar! —va cridar en Marc.

El pare va parpellejar i va sortir de dins seu com si tornés d'un llarg viatge. Va aixecar-se i, aleshores, em va veure. Se'm va acostar, em va posar la mà per damunt les espatlles i junts vam anar cap a la cuina.

El sopar no va resultar precisament un èxit. La sopa, ecs!, estava salada; les truites tan fetes que, uix!, semblaven soles de sabata; en Marc, pesat com un plom, no va parar de remugar, perquè el seu tocadisc estava espatllat des de feia un munt de dies; el pare no es podia dir precisament que estigués en la seva millor forma; i jo feia joc amb el panorama general perquè començava a sentir-me irritable i només desitjava que s'acabés l'àpat i pogués desaparèixer cap a la meva habitació.

Quan unes hores més tard vaig ficar-me al llit, estava esgotada de suportar la tensió que hi havia a l'ambient i que havia anat augmentant a mesura que passava l'estona i que el pare mirava nerviosament el rellotge i provava d'endevinar a quina hora tornaria la mare. Però, a la mitja nit, encara no havia arribat.

No podia adormir-me; estava massa neguitosa. Donava voltes i més voltes i cada vegada el garbuix de llençols era més gros. Si la mare fos a casa... Si la mare fos a casa, vindria a fer-me un petó i m'endreçaria el llit, pensava jo. També m'adonava que això era el que passaria d'ara en endavant. No podria veure la mare excepte quan anés a visitar-la a casa seva. «Però, apa!», pensava jo, «anava fresca la mare si es creia que m'hi passaria gaire dies en aquella cova ronyosa, per molt que em fes un llit enlairat a l'habitació». Era ella la que volia marxar de casa, doncs que se n'anés!

Vaig adormir-me plorant i, quan a la matinada la set va despertar-me, el coixí encara era humit. Maleïda sopa!, les ganes de beure que m'havia donat. No sabia què era més fort si el cansament, que m'aconsellava quedar-me al llit i mirar d'adormir-me altre cop, o la set, que em recomanava aixecar-me a prendre'm un got d'aigua.

Vaig provar d'agafar el son altra vegada. Vaig tancar ben fort els ulls i vaig mirar de comptar ovelles. Però res! No feia més que veure un vas d'aigua ben ple i una mica entelat perquè l'aigua era freda.

PROU! Allò era una tortura!

Vaig encendre el llum del passadís i, de camí cap a la cuina, vaig aturar-me al davant de l'habitació dels pares, que tenia la porta oberta. A dins se sentia la respiració compassada del pare. Vaig mirar i vaig veure l'embalum que feia el seu cos en el llit. Al seu costat, però, no hi havia ningú; la mare no havia tornat encara.

Aquella nit, ja no vaig poder tornar-me a adormir. Va ser la primera d'unes quantes nits d'insomni. Tenia el cor tan fred com els peus.

CAPÍTOL QUART

TIT-TIT-TIT, tit-tit-tit, tit-tit-tit, tit-tit-tit. Una mà li va ventar una plantofada a l'alarma del despertador.

Una hora més tard, quan vaig despertar-me amb el temps més que just per picar el treball de llengua que havia de presentar aquell matí, vaig haver de reconèixer que, molt probablement, la mà traïdora que havia fet callar el despertador era la meva. Vaig maleir la meva pròpia mà. Vaig maleir la son inoportuna que arrossegava d'ençà feia tres nits, quan la mare havia anat al teatre. Vaig maleir tots els treballs de llengua del món. Vaig maleir les meves eternes converses amb la Mireia, que m'agradaven tant i em robaven tant de temps. I vaig maleir la meva absoluta incapacitat per organitzar-me i acabar els deures amb estona suficient per no haver de treure el fetge per la boca. Però, com que les malediccions tampoc no ajuden gaire a enllestir les feines pendents, vaig decidir llevar-me i posar-me a treballar.

En circumstàncies normals, els pares no semblaven encantats de ser despertats a les sis del matí; però estava segura que, en una època de nervis a flor de pell com la que estàvem vivint, el fet de despertar-los a una hora tan desavinent hauria estat considerat un atemptat. De manera que vaig procurar no fer gaire soroll.

Vaig moure'm sigil·losament pel passadís sense encendre cap llum. A les palpentes, vaig reconèixer totes les formes dels mobles. Vaig arribar a l'habitació de la música, on també hi ha la màquina d'escriure.

Vaig asseure'm a la taula davant de la màquina d'escriure i vaig posar-me a picar les tecles amb fúria. No havien transcorregut ni deu minuts d'ençà que havia començat, que la mare va aparèixer amb cara de son i de malhumor.

—Què fas? —em va semblar que vocalitzava enmig d'un gran badall.

—Llengua —vaig respondre, i vaig disposar-me a entomar la pluja d'inevitables crítiques.

—I, ¿ARA, l'has de fer?

Ara volia dir les sis del matí. I la rucada que era fer un treball de llengua a aquelles hores justificava la mala lluna de la mare. Però, si no el feia ara, ¿quan el feia?

—L'he de presentar avui —vaig admetre en veu molt baixa per veure si la meva resposta passava desapercebuda.

—AVUI? Senyor, quines penques que tens! ¿I no hauries pogut preveure-ho abans?

Mentalment li vaig donar una certa raó, però no li ho vaig manifestar perquè només faltava estar d'acord amb les seves opinions perquè es disparés.

Vaig mirar de reüll el rellotge. DOS QUARTS DE SET! A aquell ritme frenètic no acabaria mai.

Vaig deixar de fer-li cas, per pura disciplina, i vaig posar-me a picar altre cop amb passió.

—Filleta!

Ja hi tornàvem a ser. I ara, ¿què dimonis li devia passar? Vaig sotjar-la amb impaciència.

—¿És absolutament necessari que teclegis amb tanta

energia? En aquests moments ja deus haver despertat a tots els veïns de l'escala, des de l'àtic fins a l'entresol.

Vaig mirar de tocar les tecles amb dits de vellut. Me'n sortia prou bé, però avançava molt lentament.

La mare havia anat a prendre's un cafè i, quan va tornar, jo havia fet pocs progressos.

—Vols que t'ajudi? —va preguntar-me mentre mirava la pila de fulls escrits a mà que encara em quedaven per copiar.

Vaig alçar-me d'un bot de la cadira i li vaig cedir el lloc tan ràpidament que semblava que havia estat esperant la seva pregunta. I és que, en realitat, l'esperava. Perquè la meva mare pot rondinar molt, però, en el fons, és un tros de pa.

A les nou menys vint sortia de casa amb el treball sota el braç. Havia d'afanyar-me molt si no volia arribar tard a classe. Vaig volar fins a la parada de l'autobús.

Vaig entrar a l'escola just en el moment en què tancaven la porta del pati.

El matí va anar passant llarg i feixuc: geografia, llatí, llengua! i matemàtiques.

A classe de llengua, després de lliurar el treball, vaig preparar-me per fer cara d'estar molt atenta i mantenir-la amb el pilot automàtic posat. Vaig obrir força els ulls (aquest gest sempre et confereix una aire sol·lícit molt convenient), vaig mirar la Comes sense parpellejar i vaig disposar-me a deixar que l'hora de llengua rellisqués pel meu damunt sense marejar-me massa. Allò que explicava la Comes sobre les oracions subordinades substantives en funció de subjecte no m'interessava gens. A més, encara que jo hagués sentit interès, aquest tampoc no m'hauria servit de gaire perquè, des de l'accident d'en Ramon i de la notícia bomba dels pares, em resultava impossible concentrar-me. Les explicacions dels professors em relliscaven. El meu cervell era com una pista de patinatge sota un cel de tempesta.

La meva cara d'atenció no va aconseguir enganyar la Comes.

—Carlota Terrades, de què estava parlant? —va preguntar la Comes amb veu astuta.

Efectivament, de QUÈ devia estar parlant? M'era impossible de saber-ho.

Vaig quedar-me mirant-la, mentre feia esforços per sortir del pou dels meus pensaments i provava de recordar algunes de les seves últimes frases per repetir-les-hi i deixar-la tranquil·la.

Completament inútil! No podia recordar res.

—Nena, no estàs gens atenta. Fes el favor d'escoltar-me —em va increpar amb severitat.

Nena! M'havia dit nena. No suportava que els grans em diguessin nena. Per què els grans m'havien de dir nena si estava a punt de fer quinze anys?!

Vaig fulminar-la, però ni es va immutar. Va continuar mirant-me amb cara de vinagre.

—Surt a la pissarra —va afegir.

I jo vaig lamentar encara més que la meva mirada no l'hagués fos totalment. Un bassal de Comes a terra m'hauria estalviat de sortir a la pissarra.

Va dictar-me un text perquè l'analitzés. Vaig llegir-me'l tres o quatre vegades, però quan arribava al final m'havia oblidat del que deia el començament. No sabia si era capaç d'analitzar-lo o no, perquè ni tan sols entenia on s'acabava una oració i on començava l'altra. A mesura que el murmuri entre les fileres dels companys creixia i a mesura que els ulls de la Comes s'endurien, disminuïa la meva capacitat per entendre res.

—No m'estranya! —va bordar la Comes—. No m'estranya que no sàpigues fer-ho. Com que no m'escoltes. I, al damunt, com que duus aquest pentinat que et tapa els ulls.

El meu pentinat! Que n'havia de dir del meu pentinat? Més lleig em semblava el que ella portava i no li deia pas res, jo. Al capdavall, l'única cosa que se li podia retreure, al meu pentinat, era que em tapava l'ull esquerre i una mica d'ull dret. No res més. D'altra banda, era un pentinat modern, informal, còmode, senzill, juvenil... Una mida ni llarga ni curta, just per sota de les orelles. Li anava bé als meus cabells castanys i llisos.

Vaig mirar-me la Comes amb expressió de profunda ofensa i vaig decidir que, a partir d'aleshores, la castigaria durament fent-me un pentinat horrorós.

I vaig complir-ho. L'endemà mateix, vaig aparèixer a classe de llengua amb el serrell subjectat enrere amb un clip (naturalment, de seguida que s'acabava aquesta classe, jo retornava al meu pentinat habitual). Era un pentinat d'allò més antiquat. Feia riure tothom menys la Comes, que no devia entendre-hi gens, de modes, perquè mai no va adonar-se que era estrafolari. Fins i tot em sembla recordar que un dia me'l va lloar perquè, segons ella, per primera vegada arribava a veure'm els ulls. Pobrissona...

—Seu —va manar-me.

Va contemplar-me mentre me'n tornava al lloc. Després va afegir:

—Copieu el text i analitzeu-lo. Quan acabeu el corregirem a la pissarra.

Tothom va posar-se a escriure, la Comes va asseure's al davant de la classe, al seu lloc, jo vaig tombar-me per mirar la Mireia i ella va picar-me l'ullet amb simpatia. Vaig bufar ostensiblement.

El text, amb serrell que tapés els ulls o sense serrell, no devia ser pas gaire fàcil, perquè quasi ningú de la classe el va saber analitzar, i això va tranquil·litzar-me força, tot i que el pare sempre diu que no serveix de res ser tan ruc com els altres.

Quan va acabar-se l'hora de llengua, va entrar en Maranges, el professor de matemàtiques. «Quin descans!», vaig pensar. En aquesta classe no calia fer cara d'atenció perquè en Maranges tenia prou feina a mantenir el xivarri dins d'uns límits tolerables i no li quedava temps d'ocupar-se de mi.

L'Àlex, que era assegut al meu costat, va donar-me un paperet doblegat. Vaig desplegar-lo i vaig llegir el missatge que hi havia escrit. Era de la Mireia. Volia saber si a la sortida d'escola, a la tarda, podria acompanyar-la a comprar-se unes bambes. Vaig girar-me per mirar-la i, amb gestos, li vaig indicar que sí, però que hauríem d'anar una mica de pressa ja que després volia passar per l'hospital a visitar en Ramon. Vaig notar que sospirava i vaig estar segura que em considerava una mica ruca d'anar a l'hospital a veure en Ramon darrere d'un vidre. «¿Què en treus, Carlota?», m'insistia, «al capdavall no serveix de res que hi vagis, i per veure'l d'aquella manera, com si dormís o estigués mort...» Però és veritat que també m'entenia i, per això, sovint m'hi acompanyava.

Ja feia gairebé quinze dies que en Ramon havia tingut l'accident i cada dia hi havia menys gent de la classe disposada a anar-lo a visitar. Jo, en canvi, hi tornava cada tarda, per ell i també per la Júlia. Sobretot per la Júlia, perquè em feia pena. Tot el dia era ficada a la cuina de l'escola i netejava olles immenses i pelava muntanyes de patates i, per damunt de tot, sentia el senyor Manel, que no feia més que escridassar-la... Però també hi anava per en Ramon. Continuava creient que mentre jo fos a la vora d'ell era impossible que es morís. Tal vegada, però, la Mireia tenia raó quan deia que no servien per a res les meves visites i que tant li feia si jo hi anava com si no, o si jo pensava en ell com si no. Res no canviava.

El timbre! Tots vam alçar-nos, com si ens haguessin punxat. Vam baixar les escales corrents i alguns, segons el costum que havíem agafat d'ençà l'accident, no vam anar directament al pati sinó a la cuina, per parlar amb la Júlia i saber si hi havia hagut algun canvi en l'estat d'en Ramon.

La Júlia ja ens esperava, com cada dia. Va allunyar-se dels fogons, malgrat el senyor Manel, i va venir cap a nosaltres amb la cara vermella i alterada. Quan va ser molt a la vora nostre, vaig poder observar-li el front cobert de gotes diminutes de suor. Se les netejava amb el davantal. La Júlia estava nerviosa i jo em vaig témer un empitjorament en la salut d'en Ramon. Vaig repenjar-me en una de les taules del menjador perquè sentia que el cor m'anava molt de pressa i que les cames se'm tornaven de cotó fluix. Aleshores, per primera vegada en molts dies, vaig poder recordar la cara d'en Ramon. No volia oblidar-la i vaig provar de fixar-la, però la imatge es va esborrar.

La Júlia gairebé va cridar:

—Nois, en Ramon ha sortit del coma! Encara no està fora de perill, però els metges confien que es recuperarà.

Vaig respirar a fons, com si per primera vegada en

molts dies tingués el pit lliure de traves, i vaig mirar-me la Mireia amb cara de ho-veus-noia-com-li-anaven-bé-les-meves-visites, però vaig adonar-me que ella m'estava mirant amb cara de ho-veus-noia-com-no-calia-que-hi-anessis-cada-tarda. Aneu a saber quina de les dues tenia raó. Però, de tota manera, es veia que la notícia l'havia fet contenta, a la Mireia.

Els de la classe estaven excitats i alegres, i no paraven de fer preguntes a la Júlia. I ella les contestava totes. El senyor Manel s'ho mirava de lluny sense intervenir ni fer cap gest de neguit. La Júlia explicava que en Ramon havia recuperat la consciència, però que, ara per ara, no podia moure la part dreta del cos. Tampoc no podia parlar; només era capaç d'entendre el que li deien, però no podia respondre les preguntes perquè, segons els metges, tenia afectats els centres del llenguatge. Calia esperar encara uns dies per veure com evolucionava.

De manera que la situació continuava sent molt greu i, això no obstant, la Júlia feia l'efecte de ser feliç. Jo també m'hi sentia.

I gairebé m'hi vaig sentir tot el dia, malgrat que dues qüestions no permetien que la meva felicitat fos completa. D'una banda, el daltabaix familiar, que, de tant en tant, em fiblava el cap i el cor. D'altra banda, els comentaris dels companys que feien juguesques sobre el futur d'en Ramon a l'escola. Els uns pensaven que es recuperaria del tot i ben aviat seria amb nosaltres (jo, naturalment, compartia l'opinió d'aquests). Els altres creien que, encara que es posés bé, no podria tornar a l'escola; deien que, si els professors sabien que en Ramon havia venut drogues, l'expulsarien (uns quants vam protestar; els professors no calia que ho arribessin a esbrinar mai). Alguns, en canvi, no confiaven en la recuperació total d'en Ramon i s'inclinaven a creure que hauria d'abandonar els estudis.

A la tarda, quan vaig sortir de l'escola per acompanyar la Mireia a comprar-se les bambes, estava contenta perquè després estaria amb ell i podria parlar-li. Em sentia lleugera com si m'haguessin buidat per dins, com si fos un bunyol de vent.

Vaig telefonar a la mare des d'una cabina. La mare és bibliotecària (potser per això té una dèria tan gran pels llibres. O no. Tal vegada m'equivoco i hauria de dir que com que té aquesta dèria tan gran pels llibres va fer-se bibliotecària). Li telefonava per avisar-la que arribaria una mica tard.

A la biblioteca van dir-me que havia marxat feia una estona. Vaig provar-ho a casa.

Comunicaven sense parar. Segur que la mare s'havia penjat del telèfon.

M'estava posant ner-vi-o-sís-si-ma.

Vaig tornar-ho a intentar.

Res a fer!

La Mireia, fora de la cabina, també s'estava posant ner-vi-o-sís-si-ma, però menys que jo, perquè no era la seva mare la que comunicava.

Finalment vaig poder parlar-hi i vaig haver-me de reconèixer que hauria estat més prudent per part meva de no trucar-la, perquè em va tenir clavada a la cabina més estona de la que jo hauria volgut i més del que els nervis de la Mireia podien resistir. I tot per dir-me:

1. que s'alegrava molt de la millora d'en Ramon.

2. que recollís la llet fresca que ens guardaven a la granja.

3. que em recordés de comprar el pa abans de tornar a casa.

4. que no arribés més tard de dos quarts de nou.

«Potser es pensa que sóc ella, per poder fer tantes coses en tan poc temps», vaig pensar.

—Anem! —vaig anunciar a la Mireia, que em mirava amb cara de quina-barra-maca.

Feia una temperatura estiuenca, tot i que ja érem a finals d'octubre. Les castanyeres, ben espitregades i amb les mànigues arremangades, s'afanyaven davant els fogons, remenaven les brases i feien saltar guspires de foc entre les castanyes i el moniatos. L'aire s'omplia d'olor de castanyes torrades, però no em venia de gust com altres anys de comprar-ne perquè feia massa calor per cremar-me els dits i haver-me'n de bufar els capcirons.

Caminava al costat de la Mireia sense esma per xerrar amb ella. Tenia més ganes de passejar sola i de pensar en en Ramon. Necessitava tornar a tenir la imatge de la seva cara en el meu cervell. I abocar-me cap a dins meu i mirar-me'l. Em semblava que ja no podia esperar-me més a veure-li els ulls oberts i sentir-li la veu de nou!

—Ai, Carlota!

BLOF! La imatge que d'en Ramon tenia va fondre's com un miratge amb el xiscle de la Mireia.

—Ai, Carlota, m'agrada tant! —va tornar a xisclar la Mireia mentre m'agafava per l'espatlla i em sacsejava com si fos un batut.

No calia preguntar qui. L'Àlex li agradava tant. Just feia dos dies que se n'havia adonat i estava impossible, la Mireia. Parlava de l'Àlex tothora, de manera que gairebé no quedava temps lliure per parlar d'en Ramon o de la separació dels meus pares.

Però, ves!, vaig escoltar-la. Quina altra cosa podia fer? Era la meva amiga.

I així vam arribar a la botiga on la Mireia volia comprar-se les bambes. Tenia un pressupost limitat (el que havia marcat la seva mare, que de cap de les maneres estava disposada a cedir en la qüestió de les marques, encara que la Mireia l'havia pressionat perquè volia aconseguir-ne unes de, segons ella, sensacionals, moderníssimes i, també, caríssimes).

La Mireia havia anunciat a la seva mare, amb aire castigador, que no estava segura de trobar-ne unes que li agradessin per aquell preu. Això no obstant, cinc minuts després d'haver entrat a la botiga, ja n'havia vist unes que li semblaven prou bé.

—Com estic? —va preguntar-me mentre caminava amunt i avall de la moqueta i es mirava al mirall des de tots els angles possibles.

—Espaterrant —vaig contestat-li (no per acabar de pressa, sinó perquè ho creia de debò).

En qualsevol cas vam enllestir aviat i de seguida vam ser al davant de l'hospital, on ens esperaven la Berta i en Pau.

Vam entrar. Vam caminar amb parsimònia fins que vam arribar a la U.V.I. De lluny ja vam veure la Júlia, que ens observava i ens feia senyals amb la mà perquè anéssim més ràpid. Tenia la cara lluminosa i viva.

Tots ens vam posar a córrer, i el meu cor també. El meu cor ja no era una poma marcida, ni una pansa arrugada. El meu cor havia crescut tant que m'ocupava tot el pit. I em bategava a cada instant més fort i més de pressa. M'emocionava tant la idea que era a punt de veure en Ramon conscient...

Vam aturar-nos davant la vitrina. Vaig mirar a través del vidre... I vaig veure exactament el que havia vist cada tarda: en Ramon ajagut en un llit, amb el cap embenat i els ulls tancats. L'única diferència que jo notava era que ja no estava endollat a cap màquina i que el seu cor no saltava ni corria per la pantalla del monitor com una llumeta folla.

Vaig tombar-me cap a la Júlia amb cara de no entendre res, amb aire de-què-ha-canviat-aquí.

La Júlia devia comprendre la meva desorientació perquè ens va animar:

—Digueu-li alguna cosa, nois.

—Ramon —vam xiuxiuejar tímidament.

Però ell no va fer ni el més petit moviment.

—Més fort —va aclarir la Júlia—. L'heu de cridar més fort i us heu d'acostar aquí —va afegir mentre assenyalava l'intèrfon situat en un extrem de la finestra.

La Berta va pitjar el botó que hi havia sota l'intèrfon, va aproximar-hi la boca (com si demanés els bitllets del metro) i va dir en un to de veu prou potent:

—Hola, Ramon! Com estàs?

Un lleu moviment va remenar els llençols, però no em va semblar que passés res més.

—Ha bellugat un dit! —va cridar la Berta—. Ha bellugat un dit, que jo ho he vist.

Estava excitadíssima i ens explicava una vegada i una altra com en Ramon havia alçat una mica l'índex de la mà esquerra.

—És clar! —va corroborar la Júlia—, ara per ara, no pot fer una altra cosa. Ja veureu, feu-li preguntes que es puguin contestar amb sí o no. Per dir que sí, alçarà el dit, i per dir que no, el deixarà quiet. ¿Oi, Ramon?

En Ramon va alçar el dit.

I, aleshores, allò va convertir-se en un joc.

—Saps qui sóc? —va preguntar la Berta.

Va alçar el dit.

—Sóc la Berta?

Va tornar a alçar el dit.

La Júlia va fer les mateixes preguntes i va obtenir les mateixes respostes.

Vaig voler-ho provar jo.

—Saps qui sóc?

No va alçar el dit.

Se'm va tallar la respiració i se'm van omplir els ulls de llàgrimes. NO ERA POSSIBLE! No era possible que reconegués a la Berta i no em reconegués a mi.

Vaig intentar-ho de nou.

—Sóc una companya de la teva classe?

I el seu dit ben quiet.

No vaig oferir cap resistència quan en Pau em va prendre el lloc davant de l'intèrfon. Al capdavall, ¿per què parlar-li si la meva veu no li deia res de res? ¿Per a això l'havia anat a veure cada tarda? Em sentia ben desanimada.

La Júlia va adonar-se de la meva decepció i se'm va acostar per consolar-me:

—És normal que no sàpiga qui ets. No recorda gairebé res, ni tan sols l'accident. Fixa-t'hi.

Suaument va enretirar en Pau per parlar a través de l'intèrfon i va preguntar a en Ramon:

—Saps que ets a l'hospital?

En Ramon va alçar el dit.

—Saps per què hi ets?

No.

—Recordes que vas tenir un accident?

No.

—Recordes si tens moto?

No.

Semblava impossible que en Ramon no recordés la seva moto. Si de debò no n'era capaç, potser tampoc no era tan greu que no identifiqués la meva veu. Però, aleshores, ¿per què reconeixia la de la Berta?

La infermera va fer un senyal per avisar-nos que, tot i que l'hora de visita no s'havia esgotat, la donava per acabada perquè estàvem marejant massa en Ramon, i no li era bo.

Quan vaig arribar a casa, estava ben aclaparada ja que en el camí de tornada m'havia adonat del que podia ser haver-se de passar tota la vida en un llit sense poder-se moure i sense poder parlar.

¿I si en Ramon havia de viure així tots els anys de la seva vida?

CAPÍTOL CINQUÈ

FEIA moltíssimes coses alhora, com gairebé sempre. Amb la mà dreta escrivia la llista per al super. Amb l'esquerra fumava delerosament, com si volgués empassar-se el fum fins als peus. Amb l'espatlla i la galta dretes aguantava l'auricular del telèfon i parlava amb l'àvia Anna per avisar-la que ja gairebé érem a punt («*a punt*!?», vaig pensar jo), que passés a recollir-nos quan li anés bé. De tant en tant, amb la mà que feia servir per fumar tapava l'auricular i ens donava alguna ordre d'una revolada:

—Agafa els pantalons de ratlles —deia a en Marc. I amb això estàvem segurs que volia dir que agafés els mitjons de ratlles, perquè en Marc, de pantalons de ratlles, no en té.

—Deixa la camisa verda a la cistella de la roba bruta —em deia a mi. I jo sabia que em demanava que la deixés a la cistella de la roba per planxar, ja que la camisa estava rebregada però no bruta.

En Marc i jo, com sempre, la interpretàvem. I, com sempre, no ens equivocàvem. Perquè, *per variar*!, la mare canviava les paraules. I és que quan va com una moto poden produir-se dos efectes diferents: que es mengi trossos de paraules i parli com un negre d'una tribu africana actuant en una pel·lícula o bé que canviï els significats de les paraules i confongui els ous amb les nous i les faldilles amb les mandonguilles.

I és que la mare, en aquell moment, estava nerviosa perquè li havia dit a l'àvia que podia passar a recollir-nos, que ja estàvem a punt, però, en realitat, encara en teníem per a una bona estona. La mare té realment una habilitat *extraordinària* per calcular bé el temps; és semblant a la que tinc jo quan m'he d'organitzar per fer un treball de llengua. De tota manera mai n'ha sabut gaire, de calcular el temps: sempre es pensa que pot fer més coses de les que en realitat pot fer. Per exemple: arriba al vespre i té els minuts comptats perquè s'ha retardat a l'hora de plegar de la biblioteca i ha de marxar d'hora de casa perquè té reunió de pares a la nostra escola. I, amb tota la seva bona voluntat, pretén cuinar un arròs, ajudar en Marc a estudiar l'examen de socials, deixar llesta una rentadora i fer dues trucades *urgentíssimes* (tot és sempre urgent!). I, és clar!, una hora i mitja més tard, quan és el moment de tocar el dos, el resultat és el següent:

1. ha pogut fer l'arròs, però se l'ha hagut d'empassar en una esgarrapada.

2. ha ajudat en Marc, però s'han acabat barallant perquè ella li explicava no sé quines coses de Mesopotàmia que, segons ell, no calia saber-se ja que ni la professora ni el llibre no en feien menció.

3. ha deixat llesta la rentadora, però, amb les presses, un mitjó ha caigut pel celobert;

4. i ha aconseguit fer només una de les dues trucades i gairebé s'ha enfilat per les parets perquè no ha pogut fer l'altra: qui fos comunicava constantment i no hi havia manera de parlar-hi...

En fi, tota uns cursa contra rellotge i a prova de nervis d'acer.

De manera que en Marc i jo vam acabar de preparar-nos les bosses, vam menjar-nos l'entrepà de truita i vam beure'ns el got de llet en un pensament, però així i tot no vam aconseguir de fer-ho prou de pressa, i l'àvia va arribar abans que haguéssim acabat.

L'àvia Anna va venir a buscar-nos amb el seu cotxe de color taronja, vell i desmanegat. «Tan atrotinat com jo», acostuma a rondinar ella. I no és veritat; l'àvia fa molt més goig que la seva tartana.

L'àvia Anna té més de seixanta anys, però no sé quants més de seixanta (és difícil recordar l'edat exacta de la gent, especialment la dels grans, ¿oi?). És molt alta i prima i, com que camina molt dreta, té aires de reina de conte. De reina amable, s'entén. A més, el seu cutis és molt suau i, quan li faig un petó, les seves galtes semblen fetes de pell de gerds. Té els cabells extraordinàriament blancs, tant que, de vegades, fins i tot semblen blavosos. Un dia que els hi trobava especialment blaus, li vaig preguntar si tenia la intenció de disfressar-se de punk i ella va mirar-me com si m'hagués tornat ximple. Va dir-me que no, que *simplement*, aquell era el color que li agafaven sempre quan acabava de tenyir-se'ls a la perruqueria (sembla ser que ho fan expressament, això; que li posen una substància que tira cap al blau perquè se li vegin els cabells més blancs. Quina cosa tan estranya, ¿eh?). A la perruqueria no cal que li facin res més, perquè l'àvia té els cabells ondulats i molt bonics. La mare, en canvi, els té més que ondulats, els té rinxolats, rinxolats. I jo els he tret llisos com el pare (com el pare quan tenia cabells, és clar). Les celles de l'àvia són també blanques. I força gruixudes, com les de la mare i les meves. L'àvia i la mare mai no se les han depilades perquè troben que ja estan bé com són, que són celles amb personalitat. I, a sota les celles, hi té els ulls rodons, brillants i grisos, com els meus. Els de la mare, en canvi, són més foscos, i els d'en Marc són com els del pare: de color de mel (és clar que quan vull molestar en Marc li dic que els té de color de caca d'oca).

L'àvia viu sola des de fa molts anys, d'ençà que l'últim fill se li va casar. El seu marit, és a dir, el meu avi, va morir-se just quan ella esperava el seu tercer fill. Diuen que, quan l'àvia Anna va assabentar-se de la mort del seu marit, va desesperar-se de tal manera que es donava cops de cap contra la paret. Després, però, devia convèncer-se que les trompades només li ocasionarien mal de cap i, en canvi, no li resoldrien la vida, ni a ella ni als seus tres fills. Aleshores l'àvia, que mai no havia treballat i que havia estat educada per ser una noia fina de casa seva, va vendre's el negoci de l'avi i va quedar-s'hi treballant com a comptable. Els nens, va deixar-los en mans d'una germana soltera. Així va aconseguir tirar la família endavant. A mi, m'agradava molt la història de l'àvia, tant que molt sovint li demanava que me l'expliqués amb pèls i senyals. I a l'àvia no li feia res de repetir-la una vegada i una altra, i després em deia: «nena, fes el que vulguis amb la teva vida, però no depenguis mai econòmicament de ningú.»

No tan sols m'agradava la història de l'àvia, sobretot m'agradava l'àvia. Per això, quan la mare va explicar-nos que aquell cap de setmana havíem de ser fora de casa (ves a saber quina una en duien de cap ella i el pare, que necessitaven tenir-nos lluny durant dos dies) i va preguntar-nos amb qui ens estimàvem més estar-nos, jo no vaig dubtar a respondre: amb l'àvia Anna. En Marc va estar d'acord amb mi (cosa que en d'altres circumstàncies no és gaire freqüent).

Els pares del pare, és a dir, l'avi Raimon (que es diu com el pare) i l'àvia Mercè, sempre han estat força paparres i no gaire interessants, però des que saben tot això de la separació estan francament insuportables. Sembla com si ja no fóssim els seus néts, sinó *aquests pobres nens*. I tampoc no és aquesta la qüestió. Fer-los llàstima és encara pitjor, de debò.

Vam ficar les bosses a la maleta de la tartana, l'àvia va engegar el motor i vam sortir de l'aparcament sotraguejant.

El cap de setmana a casa de l'àvia no va estar gens malament, és a dir, va ser com la majoria de caps de setmana a casa de l'àvia. I, com sempre, van passar unes quantes coses que mereixen de ser explicades. Concretament cinc.

La primera: l'àvia va ensenyar-nos a jugar al «king», un joc de cartes per al qual es necessiten quatre jugadors. I quatre érem: nosaltres tres i en Josep, un amic de l'àvia que viu a la mateixa escala que ella. Fa molts anys que es coneixen. L'àvia sempre l'anomena Pep-meu, i ell a ella Nona (que ve d'Annona). Quan en Pep està de bon humor (això és:sovint), li pica l'ullet i li fa carotes. Quan està de mal humor, en canvi, no li pica l'ullet i gairebé no li parla. Aleshores l'àvia li tusta la mà i li diu: «Ai, Pep-meu, ets com una criatura». I, just després d'això, en Pep-seu es posa de bon humor i ja torna a fer el pallasso.

El «king» és un joc molt interessant, com gairebé tots els que ens ha ensenyat l'àvia (el pare està en contra dels jocs de cartes; no sé gaire per què. En canvi, la mare troba molt bé que hi juguem perquè considera que ajuden a desvetllar la intel·ligència). Al «king» s'hi juga amb cartes de póker, i durant les primeres partides cal no fer punts, perquè compten com a negatius, i a les últimes partides s'han de fer punts, perquè, en aquestes, són positius. Finalment va guanyar l'àvia. En Pep va fer la pitjor puntuació i va posar-se de molt mala lluna. L'àvia va renyar-lo perquè no sabia perdre. I en Pep-seu encara va enfadar-se més.

La segona: l'àvia va ensenyar-me a fer ganxet. Bé, no vaig aprendre'n del tot, perquè en dos dies és gairebé impossible, però vaig aprendre'n una mica: punt alt i punt baix (el baix em sortia molt millor que l'altre). L'àvia va haver de muntar-me els punts, perquè, si ho feia jo, quedaven tan estrets que el ganxet no podia passar per agafar la basta. Després de fer-me dues o tres passades ella, va donar-me el ganxet i la llana perquè continués.

El primer dia vaig trobar que era molt difícil i no va sortir-me gaire bé: unes passades em quedaven massa fluixes i les altres massa estretes; de vegades se m'escapava un punt, d'altres n'hi afegia un de més sense adonar-me'n. En resum: el dissabte al vespre tenia un tros de teixit informe que no servia per a res (bé, l'àvia va dir que com a agafador per a la cuina no estava malament del tot...). El diumenge, en canvi, a l'hora de dinar havia aconseguit fer un rectangle que, després, vaig cosir i transformar en un estoig per als estris d'escriure. I resultava força passable.

La tercera: l'àvia no va deixar-me fer servir el telèfon tanta estona com l'acostumo a fer servir a casa. Quan portava només tres minuts parlant amb la Mireia, va aparèixer pel passadís, va mirar-me amb ulls d'urgència, va donar tres o quatre cops de peu a terra i va marxar sense obrir la boca. Quan ja feia cinc minuts que parlava amb la Mireia, va tornar a comparèixer pel passadís i, per gestos, va indicar-me que havia de penjar. Vaig dir-li, a la Mireia, adéu molt precipitadament (no sé si va enfadar-se perquè es va pensar que me la treia del damunt o si es va creure que se m'escapava el pipí, que de vegades em passa quan ric molt) i vaig penjar. L'àvia va renyar-me. Va explicar-me que el telèfon costa molts diners i que només s'ha de fer servir per a coses essencials i durant molt poqueta estona (el que fa el pare, vaja). Va dir-me, també, que des d'ara hauria d'anar en compte a gastar massa, tant amb la mare com amb el pare, perquè tindrien menys diners que abans. O, més ben dit, que tindrien els mateixos, però haurien de servir per a moltes més coses, per exemple per pagar dos lloguers. I va recomanar-me que, en lloc de fer servir el telèfon, em dediqués a escriure cartes, que aquest era un costum molt bonic que s'estava perdent i era una llàstima. Jo vaig decidir que li faria una mica de cas i que no em passaria tant de temps penjada al telèfon. En canvi, això d'escriure'm amb la Mireia no ho veia gaire clar, perquè pensava que arribaria jo abans a l'escola, on veuria la Mireia i ens podríem parlar, que no pas la carta a casa d'ella.

La quarta: l'àvia va enxampar en Marc quan encenia, amb *l'habilitat que el caracteritza* un dels seus pudents cigarrets. I, mira per on!, en comptes d'enfadar-se i renyar-lo, va fer-li una demostració pràctica del mal que causa el tabac als pulmons. En Marc va dir-li que, si ho tenia tan clar, ¿per què no havia impedit que la seva filla, és a dir, la nostra mare, fumés? L'àvia va dir que ho intentava sovint però que la mare no li feia gaire cas, i que ella, l'àvia, es donaria per satisfeta si n'hi feia en Marc. En Marc va dir que s'ho rumiaria.

La cinquena: l'àvia no va deixar-se engalipar per un

dels meus trucs gairebé infal·lible. I, quan vaig dir-li: «adéuàviame'nvaigaveureuncompanyqueésal'hospital», així tot d'una tirada, va engrapar-me per un braç, just quan obria la porta de casa, i va demanar-me que QUÈ havia dit i que ON em pensava que anava. Li ho vaig repetir més a poc a poc: «adéu, àvia, me'n vaig a veure un company que és a l'hospital». «Àngelamaria!», va exclamar l'àvia sense deixar-me anar el braç, «i, doncs, què té, pobre noi?». Vaig haver-li d'explicar tota la història des del començament fins al final (el final d'ara mateix, vaja, perquè ¿qui pot saber com i quan serà el final de debò?). L'àvia va trobar-ho prou trist, però va considerar que tot plegat no era motiu suficient perquè jo marxés de casa a aquelles hores (les set tampoc no era cap hora estranya, ¿oi?. Doncs ella trobava que sí). De manera que vaig quedar-me sense veure en Ramon ni el divendres ni el dissabte. «No hi fa res», vaig mirar de consolar-me, «ja el visitaré el diumenge».

I això era el que jo em creia, però va resultar que no, que també aquell dia vaig quedar-me sense poder anar a l'hospital.

El diumenge, quan en Marc i jo vam tornar a casa, de seguida vam adonar-nos que l'ambient estava carregadíssim, que l'aire era de tempesta i que més valia ser discrets i no fer-nos veure massa. De manera que ho vaig tenir clar: no calia intentar cap dels meus trucs per fer el que volia fer. És a dir, que no hi havia possibilitats d'escapar-se a l'hospital.

En Marc i jo vam avançar passadís enllà mentre sentíem damunt l'esquena les mirades carregades d'explosius dels nostres pares; però aquestes no anaven dirigides contra nosaltres sinó cap a ells mateixos.

Malgrat que el que volia era arribar ben aviat a la

meva habitació i fer-m'hi forta abans que no esclatés la guerra, i que, per això, no gosava alçar gaire la mirada, vaig poder observar que havien desaparegut la majoria de llibres de les innombrables prestatgeries que s'arrengleraven a les parets dels passadissos. Molts dels prestatges estaven buits (o potser plens d'una fina pel·lícula de pols que dibuixava la forma dels llibres que, abans, havien sostingut). De tant en tant, en algun d'ells, hi havien col·locat un ornament: una figureta, un gerro, un cistellet, perquè no es veiés tan despullat.

Quan vam passar per davant de la porta de l'habitació dels pares, vaig clavar-hi una ullada i, després, vaig clavar-ne una altra a la sala. A tot arreu el mateix paisatge desolat: prestatges amb marques de llibres, però sense llibres; parets amb marques de quadres, però sense quadres; rajoles amb marques de mobles, però sense mobles.

De manera que per AIXÒ ens havien fet anar a casa de l'àvia! Per poder buidar el pis amb total impunitat! (en honor a la veritat, «buidar el pis» no era l'expressió més adient, perquè la mare s'havia endut molt poques coses, però a mi em feia l'efecte que es notava més tot el que havia desaparegut que no pas el que havia quedat).

Vaig mirar-me en Marc furiosa. No amb ell, és clar!, sinó amb els pares. I en Marc feia cara de no adonar-se de res, com gairebé sempre. Caminava tan tranquil enmig de les llibreries buides. Encara vaig posar-me més nerviosa de veure'l d'aquella manera. Vaig notar una ràbia molt forta que m'omplia tot el cos i que no podia controlar. Tenia ganes de barallar-me amb algú i de fer malbé coses. I cada vegada em notava més enravenada. I com més enravenada em notava, menys em podia suportar a mi mateixa. I com menys em suportava a mi mateixa, més irritable em sentia.

Vaig entrar a la meva habitació i vaig rebotre la porta.

La porta va tornar-se a obrir de cop i va entrar la mare.

—Marquesa, tracta millor les coses, que han de durar.

—A tu tant et fa, ¿oi? Tampoc no les veuràs fer-se malbé.

Immediatament que vaig haver dit això me'n vaig penedir. Les meves paraules havien estat com un parell de ganivets i, per la cara que feia la mare, se li havien clavat directament al cor. Em va saber molt greu. Li havia dit exactament l'última cosa que hauria estat convenient. Em sentia les galtes enceses. Hauria volgut llançar-me-li al coll i omplir-la de petons, com altres vegades. Però no podia. Era com si m'haguessin encolat a terra, com si el meu cos fos un saltamartí amb els peus enganxats a les rajoles. Hauria pogut balancejar-me endavant, endarrere i cap als costats, però no hauria pogut avançar ni un mil·límetre.

La mare s'havia quedat una bona estona mirant-me, però estic segura que no em veia. I, durant aquells minuts, jo havia notat que totes les ganes de barallar-me que duia arraulides en el pit s'anaven fonent com glaçons amb la calor.

Quan la mare va desaparèixer passadís enllà, només em quedava un bassalet de ràbia tan diluït, tan diluït, que ja no era bo per a res. I em vaig sentir molt desgraciada, perquè la mare havia marxat sense cap retret, sense cap mirada furibunda. I pitjor que la mare s'enfadi amb tu i t'ho demostri és que la mare s'enfadi amb tu i t'ignori.

Em vaig quedar feta pols.

Estava totalment submergida en la meva pena, quan la porta va obrir-se d'una revolada. Gairebé no vaig tenir temps de pensar res, però segur que el meu cervell va imaginar-se que qui entrava era la mare, disposada a fer les paus.

I no, no era la mare. Era en Marc en to de guerra.

—Foca asmàtica!, ¿has vist com has deixat el meu jersei?

—Què-li-pas-sa? —vaig preguntar remarcant bé cada síl·laba, perquè notés que no era el moment de discutir sobre jerseis ni sobre cap altra cosa.

Però ell, incapaç d'adonar-se de què anava la pel·lícula, va insistir:

—Una taca. LA taca. La IMMENSA taca. La taca que m'ha fet la meva germaneta bruta i que ja veurem qui serà capaç de fer desaparèixer. I, al damunt, en el meu millor jersei, el meu jersei nou, el meu jersei que serveix per lligar, que ni l'Indiana Jones en «El temple maleït»...

Vaig agafar el jersei (sense brusquedat, perquè no tenia ganes que el meu gest s'interpretés com un senyal d'inici de combat).

—Està bé, Marc —vaig dir-li amb la veu més dolça que vaig ser capaç de trobar en el meu repertori de veus (i de debò que no va costar-me gaire perquè, després de l'incident amb la mare, no em sentia gens guerrera, sinó tot el contrari, em sentia la germana més amable d'aquest món)—, jo te'l rentaré. Ara mateix.

I, davant la mirada esbalaïda d'en Marc, que no entenia res de res, vaig anar cap al bany a netejar-li el jersei amb un d'aquests productes que —diuen— serveixen per rentar la llana sense que s'estiragonyi ni s'encongeixi.

Mentre refregava la taca em preguntava amb què podia haver-me-la fet. I no ho recordava. Potser ni tan sols era culpa meva, la taca. Potser se l'havia feta en Marc ell solet.

En Marc va aparèixer en el dintell de la porta.

—Com va? Ha desaparegut? —va preguntar amb ansietat.

—I tant. Miri, miri...

I vaig fer-li una demostració, tipus anunci de la tele, que va resultar força còmica, després de la qual el terra del bany semblava els voltants d'una piscina quan un ramat d'elefants s'hi ha llançat de cap.

—Jo ho fregaré —va dir en Marc, que un cop observada la meva bona voluntat, estava molt col·laborador.

Quan vam haver fregat el bany i estès el jersei, vam anar cap a l'habitació d'en Marc a jugar a cartes: vam practicar un «solitari de dos» que ens havia ensenyat l'àvia feia temps. Mentrestant vam escoltar rock dur una estona, fins que el pare ens va cridar per sopar.

Durant el sopar, la mare només va fer servir monosíl·labs, que és la tàctica que utilitza per demostrar que està ofesa (en condicions normals, xerra sense parar). I jo, que ja no podia aguantar més la seva fredor i la seva indiferència (si no volia perdonar-me, que no ho fes; però, almenys, que esclatés i em digués què pensava de mi i de les meves respostes impertinents), vaig fer servir totes aquestes veus per traspassar la muralla que la mare havia alçat al seu voltant:

1. la veu de noia encantadora, que és suau i dolça i que serveix, per exemple, per dir: «És nova la faldilla que portes? Et queda molt bé.»
2. la veu de filla col·laboradora que és amable amb un punt de serietat i que serveix, per exemple, per dir: «Puc ajudar-te a fer el sopar?»
3. la veu d'adolescent responsable, que és seriosa amb un punt d'amabilitat i serveix, per exemple, per

dir: «No t'hi amoïnis, mare; ja em menjaré jo la truita que s'ha aixafat.»

Sense resultat, els meus esforços.

Sí, no, no, sí, i para de comptar.

I el meu cor cada cop més arrugat.

Arrossegant els peus i amb el cap tan cot que el nas gairebé em tocava el pit (l'últim cartutx que em quedava era fer-li llàstima. I, a més, em sentia tan desmoralitzada que no em costava gaire caminar així), vaig anar-me'n cap a la meva habitació a estudiar.

—No vols jugar més a cartes? —va preguntar-me en Marc quan va acabar d'endreçar la cuina (aquella nit li tocava a ell, per sort!).

—No —vaig respondre-li amb veu apagada—, he d'estudiar.

A tres quarts d'una, quan feia deu minuts que havia apagat el llum, la porta de l'habitació va obrir-se molt a poc a poc i la mare va entrar. Caminava de puntetes. Va acostar-se al llit i jo vaig fer-me l'adormida. Va inclinar-se, va fer-me un petó a la galta i una carícia al front. Aleshores ja no vaig poder-me aguantar més: vaig abraçar-la pel coll i li vaig deixar la cara xopa de petons i de llàgrimes (o potser ja la tenia xopa abans de la meva sessió, perquè em va semblar que també plorava).

—Em fas una mica de lloc al teu costat?

Jo no vaig dir res, però vaig alçar els llençols i la flassada. Ella va ajeure's al meu costat, va passar-me el braç per sota el coll i em va estrènyer amb força contra el seu cos.

—T'estimo molt —va dir-me baixet.

CAPÍTOL SISÈ

JO ERA asseguda a la taula de fusta fosca de la cuina i contemplava aquella escena familiar tan familiar, és a dir, aquella escena de la meva família que es repetia tan sovint.

La mare ensinistrava en Marc a fregir el peix i considerava que en Marc, a la cuina, era un potiner.

En Marc mirava de fregir el peix com la mare li indicava i jo trobava que ho feia menys potinerament del que hauria estat d'esperar.

(En realitat, el peix no va quedar ni tan bo com el que fa la mare, ni tan dolent com ella es pensava. Per ser fet d'en Marc es deixava menjar!).

El pare era davant de la pica i d'esquena a nosaltres (jo, però, veia perfectament l'operació que duia entre mans). Amb la mà esquerra aguantava un got amb whiski i amb la mà dreta hi pescava els glaçons i els llençava a la pica. Un cop va tenir el got buit va deixar-lo damunt del marbre, va agafar-ne un altre de net, hi va posar un colador a sobre i va filtrar-hi el whisky. Després, va anar cap a la nevera, va obrir la porta del congelador, va estirar l'últim calaix i va cridar:

—I de què em serveix, voleu dir-m'ho?

(Va cridar fluixet, perquè el pare mai no crida fort, és clar!).

Jo, que havia observat l'escena, ja sabia de què parlava, però no vaig dir res. Només me'l vaig mirar i vaig intentar preveure quina seria la reacció següent.

A en Marc, que no havia estat pendent del pare i dels seus tripijocs, el comentari patern li va provocar un ensurt, cosa que, a la vegada, va ocasionar un moviment sobtat de la mà amb què aguantava les pinces, de manera que el tros de peix que en aquell moment treia de la paella va partir-se per la meitat, va caure damunt de l'oli i va deixar la cuina ben esquitxada.

I la mare, que no havia mirat ni una sola vegada en direcció cap al pare perquè estava pendent del peix fregit i d'en Marc i perquè no en tenia necessitat (sabia perfectament què passava), va contestar:

—Molt em temo que no et servirà de res.

—Oh! —va lamentar-se el pare mentre mirava cap al sostre i feia ulls de víctima (són uns ulls que li surten força bé, al pare)—, ¿que no ho sabeu que m'agrada el whisky amb gel i no pas amb molles de pa?

—Busca bé i potser trobaràs un glaçó sense molles —va recomanar-li la mare, tan pràctica com sempre.

El pare va treure la safata dels glaçons de sota dues barres de pa congelades i se la va mirar de ben a la vora. Vist d'aquesta manera, el pare semblava guenyo.

—Un. No... dos —va exclamar triomfalment.

I va anar cap a la pica per desemmotllar sota el raig d'aigua els dos únics glaçons impoluts, que havien d'acabar ofegats en el seu whisky.

De feia dos dies l'ambient era cordial a casa. Semblava que el pare i la mare havien decretat una treva. Es tractaven amb una amabilitat i una consideració que em recordaven altres temps. Fins i tot, en algun moment vaig arribar a pensar que potser els pares ja no volien separar-se. En Marc i jo vam sospesar i discutir aquesta possibilitat, que en cas que fos certa ens faria feliços.

Però no. El pla dels pares tirava endavant ineluctablement i aquell dimarts al vespre ens trobàvem a pocs dies del moment en què la mare marxaria de casa.

Em sembla que tothom procurava que aquells últims temps que havíem de viure plegats fossin agradables per a tots. I ens en sortíem prou bé. Jo, però, estava trista i tenia el cor glaçat. M'hauria agradat poder fer el temps enrere i traslladar-me a l'època en què encara ningú no havia parlat de separacions.

Aquell dimarts al vespre, per tant, jo disposava de l'ambient necessari per ensenyar als pares les notes de l'avaluació orientativa. Em calia un clima apropiat com aquell: relaxat, amable,..., perquè els resultats no eren prou brillants. Havia aprovat totes les assignatures, excepte una. La Comes m'havia suspès! (no ho havia fet amb nocturnitat i alevosia, sinó que des del començament m'havia donat a entendre que acabaríem com hem acabat).

Just quan estàvem començant a sopar, va sonar el telèfon.

Ningú no es va moure.

La mare va fer cara de dissimular i va olorar la sopa amb aire concentrat, com si tractés d'endevinar què hi faltava o què hi sobrava.

En Marc es va fer el sord (cosa que no li costa gaire, perquè, al meu entendre, el seu hàbit d'escoltar la música a tot volum li està desintegrant els timpans).

Jo vaig desitjar fervorosament que la trucada no fos per a mi. També vaig desitjar que el telèfon deixés de sonar de cop o que la trucada fos d'algú que s'hagués equivocat de número.

—Voleu fer el favor d'anar a contestar —va indicar-nos el pare—. Podeu estar segurs que no és pas per a mi. És per a un de vosaltres.

Ens vam mirar tots tres amb aires de culpabilitat, perquè sabem que el pare no suporta veure els àpats interromputs per les trucades telefòniques.

En Marc va aixecar-se i va desaparèixer camí de la sala.

«Que s'hagin equivocat. Que s'hagin equivocat. Que s'hagin equivocat», vaig implorar jo, amb una devoció i una concentració totals.

—Qui era, Marc? —van preguntar el pare i la mare alhora, quan en Marc va tornar al menjador.

—Ningú. S'equivocaven.

«Visca», vaig cridar jo a dins meu. «Funciona, funciona. La meva tècnica de desitjar molt una cosa i fer que es compleixi funciona.»

Si la tècnica era bona per a les trucades de telèfon, podia també ser-ho per a d'altres qüestions.

Vaig posar-me a desitjar amb intensitat que els pares es fixessin en totes les notes menys en la de llengua.

Després d'una bona estona de concentració que em va semblar l'adequada per aconseguir l'efecte que buscava, els vaig donar la butlleta.

Però, aquesta vegada, la tècnica va resultar inútil: els pares van adonar-se abans de la nota de llengua que de totes les altres. I no em va servir de cap ajuda explicar que la Comes em té mania.

—Li té mania, és veritat —va corroborar en Marc. I va llançar-se amb passió a descriure les imaginàries mirades assassines que la Comes em dirigeix pels passadissos de l'escola i els comentaris enverinats que contra mi fa circular per les aules.

Francament, em va deixar bocabadada perquè no m'esperava una defensa tan entusiasta, tan solidària i, sobretot, tan injustificada per part del meu germà.

Me'l vaig mirar amb orgull.

—Bestieses —va dir el pare—, si treballessis més, això no passaria.

—Excuses —va dir la mare—, organitza't millor, dedica-t'hi més i veuràs com te'n surts.

—I més et val que això no et torni a passar —va sentenciar el pare amb el seu millor to d'amenaça.

—No vull que torni a passar —va afegir la mare, que no és partidària dels tons amenaçadors.

De manera que, fet i fet, tots dos em van dir el mateix (cosa que no em va sorprendre!).

En acabar de sopar, vaig quedar-me a ordenar la cuina perquè em tocava a mi. Quan ho vaig tenir tot llest, vaig anar-me'n cap a l'habitació d'en Marc; volia donar-li les gràcies pel que havia fet per mi. Vaig obrir la porta.

—No saps trucar abans d'entrar? —va preguntar en Marc amb una veu semblant a la de princesa altiva que faig jo (però no tan bona, és clar!).

—Perdona'm —vaig respondre conciliadora. I vaig afegir—: Puc passar?

—Ja ets a dins, ¿no? —va rondinar ell.

Vaig asseure'm als peus del llit, mentre ell ho feia a la cadira de lona negra i recolzava el cap a la paret.

—Venia a donar-te les gràcies per la teva ajuda d'abans.

—Ah, això! —va dir en Marc i va contemplar-se les ungles.

Feia un posat estrany, el meu germà. Semblava que tingués algun problema. I això que sempre s'ho pren tot bé i mai no fa una muntanya de res.

Li vaig preguntar si en tenia algun, de problema (a part del dels pares, que aquest ja el teníem una mica coll avall).

—Un, no —va mormolar en Marc gairebé sense mirar-me—. En tinc dos.

—Dos?

—Sí, dos: física i socials.

—Fiuuuu! —vaig deixar anar jo, que, com que no sé xiular, m'he de limitar a fer aquesta mena de so. I vaig començar a sospitar que la defensa apassionada que del meu insuficient havia fet en Marc no tenia res de desinteressada.

—Què? —va contraatacar en Marc—, a tothom li pot passar, ¿oi?

—Sí —vaig admetre jo—, però a tu mai no t'havia passat.

(I mira que triar justament aquells dies!).

—Més val que de moment no diguis res als pares.

—Mmmmmm —va respondre en Marc, que volia dir: «tens raó, tens raó», o també: «ja ho havia pensat, per això no els he donat la butlleta».

Vam resumir els nostres problemes.

Ell: no entenia la física i no havia estudiat socials (de fet, ni tan sols havia obert el llibre).

Jo: la Comes em tenia tírria, la llengua no m'agradava, no entenia res de res i, al damunt, havia treballat a mig gas.

Vam mirar de trobar una solució per als nostres problemes.

Ell: em preguntaria el que no entengués de física (és a dir, tot), faria els problemes que jo li posés i me'ls donaria perquè li corregís i estudiaria socials amb la meva ajuda (i sense també!).

Jo: era molt més complicat trobar remei per al meu cas; els coneixements lingüístics d'en Marc no semblaven prou vastos per ser-me d'utilitat, però, en qualsevol cas, ell va fer gala de bona voluntat i va oferir-me la seva col·laboració sempre que la necessités. A més, vam convenir que caldria que m'espavilés a trobar ajuda en alguna altra banda (per exemple, amb la Mireia) i que, de tota manera, calia que estudiés de valent.

Vam segellar l'acord amb una encaixada.

—I la butlleta? —va preguntar en Marc.

—La butlleta? Què li passa ara a la butlleta?

—Que demà l'he de tornar signada, però no puc demanar als pares que ho facin. Seria una acció suïcida. Te n'adones?

—Mmmm —vaig afirmar jo, perquè, evidentment, me n'adonava. Fer-ho hauria estat activar una bomba i ja n'hi havia prou de bombes a casa nostra.

Vaig sacsejar el cap per aclarir-me les idees.

—Doncs què farem? —vaig preguntar, finalment, a en Marc, convençuda que ell ja tenia alguna cosa pensada.

—Signa-la tu —va suggerir/exigir/demanar en Marc, mentre em posava la butlleta sota el nas.

—Jo? Estàs boig! —vaig cridar una mica histèricament.

—No tenim altre remei. Ho veus, ¿oi? —va dir amb veu tràgica (en aquell moment vaig adonar-me que en Marc ens imitava prou bé, a la mare i a mi).

Vaig fer una ganyota perquè no m'acabava de semblar bé, però vaig pensar que no teníem altra solució i vaig allargar la mà cap a la butlleta. Vaig agafar un retolador com els que fan servir els pares i vaig entrenar-me uns quants cops a fer la firma de la mare (la del pare és massa enrevessada) fins que va sortir-me prou bé i la vaig estampar damunt la butlleta.

—Aquí la tens —vaig dir-li. I vaig creuar els dits mentre desitjava que els pares no ho arribessin a saber mai.

Vaig alçar-me per anar-me'n a dormir.

Abans de sortir de l'habitació, vaig vanagloriar-me de com ens havia estat d'útil la meva extraordinària tècnica. Si jo no hagués desitjat fervorosament que la trucada de telèfon fos un error i si la meva tècnica no hagués funcionat, res no ens hagués estalviat un bon sermó del pare.

—Això és el que tu et penses, nena —va engegar-me en Marc—. La teva *meravellosa tècnica* és una pífia, perquè no has aconseguit que la trucada fos una equivocació. Era la Mireia que demanava per tu, però li he dit que ho deixés córrer, que a casa no estaven per orgues.

Vaig ficar-me al llit una mica desinflada i vaig pensar que em calia molta pràctica encara per arribar a dominar la tècnica dels desitjos fervorosos... si és que es podia arribar a dominar.

L'endemà al matí, el pacte de col·laboració de la nit anterior no va poder estalviar-nos, a en Marc i a mi, una petita baralla de les nostres.

—Aturada! Véns o no véns? —va cridar-me des de la porta.

«Quina barra», vaig pensar jo, mentre em cordava la cremallera dels pantalons. I vaig pensar-ho per tres raons:

1. perquè normalment sóc jo la qui ha d'esperar en Marc. Ell és un cançoner que mai no és a punt quan cal.

2. perquè normalment és en Marc qui no vol anar

amb mi a l'escola. S'estima més anar-hi sol o amb els seus amics.

3. perquè quan, gairebé per casualitat, sortim a la mateixa hora, en Marc sempre camina deu passes per davant meu, de manera que és com si anéssim separats.

A més, justament aquell matí, no havia d'anar a l'escola sinó a un cinema del centre de la ciutat a veure una pel·lícula amb la de literatura i la gent de la classe.

Vaig anar fins a la porta d'entrada, on en Marc esbufegava com una locomotora, i vaig dir-li ben a poc a poc, remarcant bé cada síl·laba:

—No-vinc-vés-te'n-sol —i vaig contemplar-lo hieràticament fins que se'n va atipar, va fer-me llengotes i va marxar.

Jo vaig sortir una mica més tard que ell i no vaig calcular prou bé el temps, de manera que, quan vaig arribar al cinema, ja havien començat a entrar. Vaig buscar la Mireia, però no la vaig veure. Ja devia ser a dins. Amb l'Àlex, és clar! Des que havien començat a sortir junts, jo havia passat a un segon terme i la Mireia i jo ens vèiem força menys que abans.

—Va, Carlota. No et quedis encantada —va botzinar-me la de literatura, amb bastant d'encert perquè jo realment badoquejava.

I va fer-me passar entre en Jordi Font (que em cau molt bé) i la Blanca (que em cau fatal).

Vam asseure'ns en el mateix ordre en què havíem entrat. Vam treure'ns les jaquetes. I vam esperar fins que la pantalla va il·luminar-se i va començar la projecció.

Al principi no vaig adonar-me de res. Vull dir que estava tan pendent de la pel·lícula que no em fixava en res del que passava al meu voltant. Jo m'havia apropat cap a l'esquerra, és a dir, cap a en Jordi. Ho havia fet perquè d'aquesta manera veia millor la pantalla (si m'inclinava cap a la dreta, la testa monstruosa d'en Ricard Salvià m'ho tapava tot) i, també, perquè així evitava el contacte amb la Blanca, que em resultava especialment repel·lent.

De mica en mica, en Jordi Font devia haver anat fent el mateix, és a dir, s'havia anat acostant cap al meu cantó. No sé en quin moment tots dos vam repenjar els colzes en el braç de la butaca. I, com que de braç de la butaca només n'hi havia un i, en canvi, de colzes n'hi havia dos, aquests últims tenien molt poc espai i es tocaven tota l'estona.

Aquell contacte m'agradava. M'agradava molt. M'encenia el cos amb una escalfor dolça i em posava la pell de gallina.

Tot d'una vaig adonar-me que estava més atenta a la quantitat de superfície del meu cos que fregava el d'en Jordi, que no pas a la pel·lícula. També estava més interessada en la pressió que el seu cos exercia sobre el meu, i a l'inrevés, que en allò que passava a la pantalla.

Gairebé no em movia ni gosava respirar massa per por que un canvi meu provoqués una alteració en la postura d'en Jordi.

No gosava respirar massa i, no obstant això, la meva respiració s'havia agitat: estava molt alterada i era ràpida i sincopada. M'esforçava a contenir-la.

Vaig provar de mirar en Jordi amb la cua de l'ull. M'hauria agradat saber quina cara hi feia. Però, per arribar a veure-ho, em calia girar-me tant, que forçosament els nostres colzes es mourien i se separarien. No valia la pena. M'estimava més continuar notant la pressió del seu cos contra el meu. Vaig acostar-m'hi més. Gairebé podia sentir el seu alenar.

«Què deu notar ell?», vaig preguntar-me. Potser no s'adonava de res. Potser no era conscient que els nostres cossos es tocaven. Potser ni tan sols sabia que la noia asseguda al seu costat era jo. «No m'estranyaria gens», vaig dir-me jo que, darrerement, començava a dubtar de la meva capacitat per arribar a agradar a un noi.

I vaig posar-me de mal humor. Vaig provar d'estar atenta a la pel·lícula, però, com que gairebé ja havia arribat al final, no vaig poder entendre res. Hauria de demanar-li a la Mireia que em deixés copiar el treball!

Van encendre els llums i jo vaig fregar-me els ulls.

En Jordi s'obstinava a mirar la pantalla, que ja havia emmudit.

—Que bonica, ¿oi? —va comentar-me la Blanca.

—Molt, molt —vaig respondre-li sense gaire entusiasme i vaig mirar de treure-me-la del damunt perquè no tenia cap intenció d'iniciar una conversa amb ella mentre en Jordi fos a prop meu.

Vam posar-nos drets. Jo, pendent dels moviments d'en Jordi. En Jordi, pendent del rectangle gris i mut que era la pantalla («per què li agrada més la pantalla que jo?», em demanava).

Em va caure un bolígraf a terra i no me'n vaig adonar. En Jordi sí que ho va veure. Va ajupir-se, el va collir i me'l va donar amb un somriure als llavis.

Quan el vaig agafar, el fregament dels nostres dits em va sotraguejar el cos.

Vam sortir al carrer.

Vaig mirar cap enlaire per no haver de dir res. Perquè ningú no em digués res. Perquè la màgia continués. El blau del cel era esquitxat de núvols de llana blanca.

Però la màgia, CRAC!, va trencar-se com un meló que s'esberlés. Era l'hora de dinar i la gent de la classe s'acomiadava. No sé per què havien de fer tan soroll.

En Jordi, que encara era parat al meu costat, va fer un gest amb el cap com si estigués a punt dir-me alguna cosa i no gosés. Va anar d'un pèl que jo no li demanés què volia, però finalment no ho vaig fer. I ell va marxar sense obrir la boca. Ni tan sols va dir-me adéu.

«Em sembla que de vegades sóc bleda», vaig recriminar-me.

Per què no li havia dit res, si en tenia tantes ganes? Per què havia de ser tan atrevida per a unes coses i tan poc per a unes altres?

«Uf! De tant en tant no em suporto a mi mateixa»

Vaig passar la resta del dia entre tres estats alternatius: feliç, malhumorada i trista. Fins i tot la Mireia va comentar-me que em notava estranya. I, quan a la tarda la Berta va dir-me d'anar a veure en Ramon, per primer cop la idea va deixar-me freda.

No obstant el meu primer desinterès, a les set menys cinc vam trobar-nos la Berta, en Pau i jo davant de l'hospital.

Em costava concentrar-me en en Ramon; mentre avançàvem pels passadissos plens d'olors de medicaments, sovint el pensament se me n'anava cap a en Jordi. Però quan vaig tenir en Ramon al davant, a l'altre cantó del vidre, vaig experimentar la mateixa alegria de sempre i durant una estona vaig oblidar-me d'en Jordi.

La millora d'en Ramon era espectacular. De mica en mica havia anat recobrant el moviment de la part dreta del cos i ara ja el podia moure completament. De l'altra banda de la vitrina ens feia demostracions de l'agilitat que hi tenia: la cama, el peu, els dits del peu, el braç, la mà, els dits de la mà,... Tots somrèiem satisfets i la Júlia l'aplaudia.

(Malgrat tots aquests progressos, jo encara no trobava que semblés en Ramon de sempre: amb el cap embenat i vestit amb aquella mena de bata blanca i curta que el feien dur a l'hospital).

En Ramon era capaç, també, d'articular algunes paraules i fins arribava a formar frases senzilles. Tenia, però, grans dificultats a escollir les paraules adequades, és a dir, en confonia els significats. Per exemple, deia:

—Una tovallola— i mentrestant assenyalava una revista que hi havia damunt del llit.

O bé:

—Tinc son— i es mirava el got d'aigua que hi havia al costat del capçal. I no parava d'anunciar que tenia son fins que la infermera li acostava el vas d'aigua.

Els metges havien parlat amb els seus pares per explicar-los que consideraven possible que en Ramon recuperés espontàniament el llenguatge, i que, si no era així, hauria de fer reeducació fins a resoldre totalment el problema.

Nosaltres de fora la vitrina, a través de l'intèrfon, miràvem d'ajudar-lo: li parlàvem, li explicàvem coses de l'escola i de casa, li fèiem preguntes,...

Continuava sense recordar res de la topada (segons els metges era una reacció molt freqüent) i, el que era pitjor, semblava que també tenia transtornada la memòria posterior a l'accident. Per això no es recordava d'algun fet que havia esdevingut cinc minuts abans o repetia la mateixa pregunta vint vegades en el transcurs de la visita.

I, potser per aquesta raó, amb prou feines ens reconeixia. Li preguntàvem:

—Qui sóc?

I ell, res. Feia cara de babau i no sabia què contestar. Només era capaç de respondre quan li feien la pregunta la Berta o la Júlia. I alguna vegada identificava també el seu pare i en Pau.

La meva veu no li era familiar! El meu nom no li deia res de res! Jo em sentia ben decebuda. ¿Tan poc li agradava, a en Ramon, que era com si per a ell mai no hagués existit? Gairebé no m'ho podia creure, però devia ser veritat.

En canvi, per a la Berta tot eren mirades ensucrades. I ella ni se n'adonava. Malaguanyades!

I, al damunt, quan sortíem de l'hospital i arribàvem al carrer, cada tarda trobàvem en Raül que l'esperava. L'agafava per les espatlles i s'allunyaven tots dos ben abraçats. Em feia una ràbia...!

Aquell vespre vaig tancar-me al bany i vaig examinar-me sense pietat de dalt a baix i per dins i per fora. A veure QUÈ tenia, ¿eh? Què tenia, que en Ramon no s'havia fixat mai en mi.

Vaig asseure'm a la banyera i vaig pensar el que m'agradava i el que no m'agradava de mi.

No m'agradava:

1. el meu nas ganxut com el d'un lloro (la Mireia diu que de gran hauré de fer-me la cirurgia estètica, però jo no n'estic gaire convençuda).

2. la meva panxa, que sobresurt una mica (la mare sempre diu que amb abdominals ben fets pot resoldre's el problema, però jo mai no trobo el moment de posar-m'hi).

3. les «cartutxeres», és a dir, aquests bonys que em deformen els malucs i que els fan semblar pantalons de muntar (la veritat és que, com que sóc prima, no els tinc gaire sortits, però em fa por que, de gran, se'm posin com a la mare, que té unes cartutxeres de debò).

4. els meus rampells de mal geni.

5. la meva falta d'organització quan es tracta de fer els deures de llengua.

6. les meves ganes d'agradar (que no em servien per a res pel que es podia observar).

I moltes altres coses que ara no recordava.

M'agradava:

1. els cabells (però podien millorar si aconseguia de donar-los una mica més de volum).

2. el meu cos, que és alt i prim (de moment!, perquè ja veurem què passa quan em vingui la regla, que jo, catorze anys i encara no la tinc. Sóc l'única de la classe).

3. el meu somriure.

4. el meu bon humor, que no és tan bo com el d'en Marc, però vaja (excepte quan em vénen els atacs de mal geni, és clar).

I espero que moltes altres coses tot i que en aquell moment, com que no tenia gaire bona opinió de mi mateixa, no me'n sortia cap més.

El resultat final no era esplèndid, però tampoc no era tan desastrós que no pogués agradar, vaig considerar.

Croc, croc, croc. La maneta de la porta es movia amunt i avall.

Pam, pam, pam. Algú picava a la porta amb impaciència.

—Quantes hores t'hi penses estar, Carlota? —va preguntar la mare.

—Ja vaig —i mentre li responia això ja li obria la porta.

Vaig aprofitar que la mare es rentava les mans per asseure'm a la banyera i preguntar-li si se sentia satisfeta del seu nas.

—Del meu nas? —va respondre'm, i va posar-se de

perfil i va provar de mirar-se'l de cua d'ull (jo sé per experiència que és impossible arribar a veure-se'l d'aquesta manera).

El sistema que cal seguir per mirar-se el nas i poder considerar si està ben fet o no és aquest:

1. agafar un mirall de mà.
2. posar-se de perfil davant d'un mirall gran (el del bany, per exemple).
3. col·locar el mirall de mà a l'alçada de la cara, enfocant el nas que es reflecteix en el mirall gran.
4. mirar amb la cua de l'ull (perquè si el mireu amb l'ull sencer voldrà dir que ja no esteu de perfil i no servirà de res) el mirall de mà.
5. contemplar el nas d'aquesta manera.

La mare, que, ben segur, no s'havia pogut veure el nas, però que no li calia, perquè, després de trenta-vuit anys de portar-lo al damunt, ja se'l devia saber de memòria, va contestar-me:

—Dona!, que vols que et digui. M'estimaria més tenir un nas una mica més discret, però tampoc no em queixo.

—Doncs jo no suporto el meu —vaig dir-li amb ràbia.

La mare, que ja s'havia acabat d'eixugar les mans, va asseure's al damunt de la tassa del wàter.

—Filleta!, no n'hi ha per tant.

—Que no?! Mira, mira —vaig cridar mentre amb el dit me'n repassava el perfil—, com un lloro, com una cacatua, com una bruixa. Amb un nas així no es va enlloc.

—Jo no trobo que estigui tan malament. Al capdavall, és igual que el meu...

—D'això em queixo. Per què he hagut d'heretar el teu nas? Vols dir-m'ho? Podria haver heretat el del pare, ¿oi?

—Noia, no es pot pas triar això.

—Doncs quan sigui gran me l'operaré.

—I faràs una bestiesa. La teva cara és harmònica amb el teu nas. Vull dir que la teva cara i el teu nas formen un conjunt agradable i, potser, si modifiques una peça d'aquest conjunt (això és, el teu nas), el resultat sigui horrorós.

«Té, no se m'havia ocorregut», vaig pensar.

—A més —va continuar la mare— ¿i si després de l'operació no t'agrades? Aleshores ja no hi ha res a fer. I és ben possible que, acostumada a la forma del teu nas, una de diferent no et faci el pes, ¿oi? ¿Recordes aquella vegada que vaig tenyir-me els cabells d'un color castany clar? No vaig agradar-me gens, perquè no semblava jo. Volia tornar a tenir el meu color de seguida i m'ho vaig passar molt malament. Tenyir-se els cabells, però, no és pas tan greu com operar-se el nas. Els cabells es poden tornar a tenyir o es poden tallar ben curts fins que tornes a tenir el teu color. En canvi, un nas que ha estat modificat s'ha d'aguantar amb la nova forma fins que et mors.

Cada vegada em convencia més, la mare. Em semblava que la Mireia estava equivocada en això de la cirurgia estètica. Vaig decidir trucar-la de seguida per explicar-l'hi i per parlar-li, també, d'en Jordi Font.

—Aquest nas teu té molta personalitat —va afegir la mare—. Sí, senyora, m'agrada. Apa, anem a fer el sopar.

Va alçar-se de la tassa del wàter i va fer-me un petó a la punta del nas.

CAPÍTOL SETÈ

EL FRED va arribar de cop, sense avisar, i a casa ens va agafar totalment desprevinguts: el pare encara no havia engegat la calefacció cap dia. Vaig treure els braços de sota la flassada i se'm van gelar. Vaig imaginar-me el contacte dels peus amb les rajoles fredes i una esgarrifança em va recórrer l'espinada. Vaig tornar-me a acotxar per romancejar una estona més en l'escalfor del llit. No tenia cap pressa per llevar-me. Era diumenge.

Vaig pensar en en Ramon i després en en Jordi. O potser va ser a l'inrevés, tant se val. M'agradaven tots dos. Unes estones em semblava que m'agradava més en Jordi, i d'altres, que preferia en Ramon. Quan era a classe no podia estar-me de mirar en Jordi, tan sovint com m'era possible. Ho feia quan creia que ell no podia adonar-se'n, és a dir, dissimuladament; i, de vegades, em trobava que ell també m'observava. Quan els nostres ulls es trobaven, tots dos miràvem ràpidament cap a un altre cantó. I, en canvi, quan anava a l'hospital, ja no em recordava d'en Jordi i em semblava que només existia en Ramon. Em passava gran part del dia amb un dels dos en el pensament, i això que cap d'ells no em feia cas! Ni jo mateixa no m'entenia. I el que era pitjor és que no ho podia comentar amb ningú. Amb la Mireia, ni somiar-hi! Últimament estava tan embadalida amb l'Àlex que no hi havia manera de trobar ni cinc minuts per parlar de res. Amb en Marc no volia ni provar-ho, perquè estava segura que no se'n faria el càrrec (massa petit per a segons què!) i, a més, probablement li agafaria un atac de riure i amb una mica de mala sort escamparia la notícia per la seva classe, que és on va la germana d'en Jordi. Amb el pare, no gosava, perquè mai no havia parlat d'aquestes coses i em feia vergonya. I amb la mare ho hauria pogut intentar si no hagués estat que ja no vivia amb nosaltres.

La mare ja no era a casa de feia una setmana. Encara semblava que la veiés, l'últim dissabte, atrafegada pel pis mentre preparava les maletes. Ho recordava tan bé que creia que mai més se m'esborraria de la memòria.

Aquell dissabte, la mare era com una Kawasaki o una Honda NSR. Circulava a dos-cents quilòmetres/hora pel passadís, entre les bosses a mig fer.

Deia:

—'gu vist meu 'stoig de ne'ja?

Que volia dir:

—Algú ha vist el meu estoig de neteja?

També deia:

—Qui ha agafat les meves mosques?

Que, en realitat, significava:

—Qui ha agafat les meves mitges?

I el pare, com sempre, s'ho mirava pacíficament i, amb la tassa de cafè a la mà, responia:

—El teu estoig de neteja és al damunt de la taula de la cuina.

O bé:

—Les teves mitges, les duus a la mà.

El pare era com un guàrdia de tràfic i regulava la circulació de la zona.

En Marc i jo, en canvi, anàvem amunt i avall del pis i procuràvem ser útils, cosa no sempre fàcil quan la mare es dispara amb el seu llenguatge peculiar.

La mare va demanar a en Marc que li fiqués totes les sabates en una bossa i, a mi, va dir-me que li agafés totes les seves coses del bany i que les col·loqués bé en l'immens estoig de neteja, que s'havia oblidat damunt la taula de la cuina.

Potingues, potingues, potingues. Vaig desar totes les ampolles, tubs i potets amb molt de compte perquè res no pogués vessar-se ni trencar-se, i vaig portar-l'hi a l'habitació.

Abans d'entrar-hi em va semblar que la mare plorava. Vaig quedar-me quieta sense gosar obrir la porta i vaig acostar-hi l'orella per escoltar (ja sé que és lleig escoltar darrere les portes, però més lleig pot ser enxampar la mare plorant si no vol ser enxampada).

Em devia haver equivocat perquè, amb l'orella enganxada a la porta, no sentia res. Vaig decidir entrar.

La mare era asseguda al llit i, efectivament, plorava. Sobre la falda tenia oberta una caixa metàl·lica molt gran, que antigament havia contingut galetes i que ara fèiem servir per guardar fotografies, la majoria de les quals es trobaven, en aquell moment, escampades per damunt del llit. Eren fotos de la nostra família. Per exemple:

1. En Marc. Un any. A la terrassa de casa a l'estiu, assegut damunt d'un orinal que era un ànec.

2. Jo, amb un vestit blanc. Tres anys. En un poble de la costa, dreta damunt d'un pedrís amb el mar al fons.

3. Els pares. No sé quants anys enrere. Tenien les mans agafades i es feien un petó.

4. Els pares, en Marc en un cotxet i jo. Fa uns quants

anys. Fèiem cara d'estar bé (aquesta fotografia, la tenia la mare a les mans).

La mare, a través de les pestanyes carregades de llàgrimes, contemplava la foto que sostenia i no s'havia adonat que jo havia entrat a l'habitació i que l'observava.

—Mare... —vaig mormolar quan ja feia una bona estona que em preguntava què calia fer, si provar de fugir sense ser vista o posar de manifest la meva presència.

Va alçar el cap, em va veure, va deixar caure damunt del llit la foto que tenia entre les mans i va fer-me un gest perquè me li acostés.

Vaig asseure'm a prop seu i ella em va estrènyer entre els seus braços, mentre em petonejava i m'explicava que se sentia tan i tan trista, i que tenia una pena tan i tan grossa de marxar de casa i deixar-nos, i que se li trencava el cor quan pensava que d'ara en endavant ens veuria tan poc, i que...

I jo no l'entenia. Trobava que si no tenia ganes de marxar de casa, ¿per què ho feia?

Li ho vaig demanar i ella encara va posar-se a sanglotar amb més violència. Feia uns sanglots tan forts que costava de desxifrar el que deia amb paraules entretallades:

—Em costa molt de fer-ho, però ho haig de fer, ¿entens?

—És perquè tu i el pare us baralleu molt sovint, ¿no?

—No. No és per això. Les baralles no són la part més greu. El que és pitjor: entre el teu pare i jo ja no hi ha res en comú; la nostra manera d'entendre la vida és cada cop més diferent.

Ho entenia amb dificultats i vaig continuar entenent-ho a mitges quan la vaig veure marxar, carregada de bosses i maletes. Ella tenia els ulls humits i inflats. Jo els tenia secs, però sentia que per dins vessaven unes llàgrimes amargants, que em deixaven un rastre desagradable quan em rodolaven gola avall.

I el nostre pis va quedar-se buit sense ella.

Aquell primer cap de setmana sense la mare va ser tan fosc, tan ensopit i tan poc estimulant com després havia de resultar tota la setmana. El pare, en Marc i jo caminàvem pel pis capcots, com ànimes en pena. No parlàvem ni fèiem res. Era com si, de sobte, sense la mare haguéssim perdut la capacitat de fer coses.

No solament nosaltres ens deixàvem anar per aquell pendent, sinó que també la casa s'anava deteriorant de mica en mica: els gots buits que el pare havia fet servir cada nit s'havien anat acumulant damunt la taula baixa de la sala, cabells i restes d'escuma de sabó omplien el lavabo i la banyera, els llits estaven sempre per fer i el paper higiènic es trobava a les acaballes. Només un dia a la setmana, quan venia la Matilda a netejar, la casa feia una mica de goig.

Per totes aquestes raons, aquell diumenge al matí no tenia pressa per llevar-me. Al capdavall seria un diumenge fred i trist, gens interessant. No em quedava ni el consol de pensar que veuria en Ramon. Ens havia dit la Júlia que aquella tarda no s'admetien visites perquè el traslladaven a una habitació; havia millorat prou per no necessitar estar-se a la U.V.I.

Després d'una estona llarguíssima, però, vaig abandonar els llençols calents i vaig anar a la cuina a fer-me l'esmorzar. I se'm van gelar els peus: el terra estava tan fred com m'havia imaginat.

No se sentia cap soroll. El pare i en Marc devien dormir encara.

Mentre posava la cafetera al foc, va fer la seva aparició un pare mig adormit (el meu!), amb el pijama ben rebregat i els ulls plens de lleganyes.

—Mmmdia —va mormolar amb la boca gairebé tancada i els ulls tancats del tot.

—Bon dia, pare —vaig saludar-lo amb amabilitat (en Marc i jo havíem acordat que calia tenir cura d'ell, perquè estava delicat últimament)—, vols una tassa de cafè?

Quan s'acaba de llevar, el pare està francament intractable fins que no s'ha pres el cafè; tant que més val no marejar-lo massa. No és el moment de cap d'aquestes coses:

1. dir que se t'han carregat una assignatura.
2. demanar uns pantalons com els de la teva millor amiga.
3. anunciar que, passi el que passi, penses anar a la festa que celebra el teu millor amic.
4. posar-te una faldilla massa curta.
5. anar descalça.

I un milió de coses més. Perquè el que convé, en realitat, quan el pare està mig sonàmbul, és ser discreta.

Li vaig servir una tassa de cafè ben fort i ben calent, com a ell li agrada. S'hi va abocar una mica de llet i se'l va empassar d'un glop.

Després de beure's el cafè (no sé com no s'escalda el paladar...), va començar a despertar-se. Va fregar-se els ulls i els va obrir. Va allisar-se els cabells, cosa que no va millorar gaire el seu aspecte, va badallar i va anunciar:

—Carlota, avui anirem a dinar a casa dels avis.

«Uf!», vaig pensar, però no vaig rondinar perquè no vaig ser-hi a temps: en Marc, que acabava d'entrar a la cuina, m'havia agafat la davantera i protestava enèrgicament.

—No! No vull anar a casa dels avis.

—Per què no? —va preguntar el pare, que ja s'havia posat a la defensiva.

Vaig mirar-me en Marc i vaig advertir-lo amb un alçament de celles significatiu, que volia dir: «inventa't una bona raó».

—Perquè he d'estudiar —va justificar-se en Marc.

Jo me'l vaig mirar al·lucinada. ESTUDIAR? Quina excusa més dolenta s'havia buscat, el molt animal. I, naturalment, el pare coincidia amb la meva opinió, perquè va recomanar-li:

—Estudia ara una estona i, quan tornem de casa dels avis, podràs continuar.

En Marc va contemplar-me amb cara de pilota desinflada i jo li vaig dedicar una mirada de petit-si-no-saps-buscar-excuses-millors-fes-t'ho-mirar, però no la vaig sostenir gaire estona perquè tampoc no estava la situació familiar per importunar-se amb la guerra de mirades.

A dos quarts de dues vam agafar l'autobús, ja que la mare s'havia quedat el cotxe (jo encara no havia entès si se l'havia quedat per sempre o només per fer el trasllat).

El trajecte amb autobús va ser tan engrescador com tot el que havíem fet junts durant els últims dies. Ningú no deia res. En Marc mirava per la finestra i devia estar francament interessat en el carrer pel qual circulàvem, perquè estava abstret i, a nosaltres, ens ignorava. El pare es contemplava els dits amb atenció: ara per davant, ara per darrere, com si les seves mans tinguessin un atractiu extraordinari. I jo me'ls mirava tots dos i desitjava que ens durés poc aquell malestar general i em preguntava si la mare devia estar-s'ho passant també malament.

Quan vam arribar a casa dels avis, vam pitjar el timbre durant molta estona. Ningú, però, no venia a obrirnos la porta.

El pare va començar a posar-se nerviós, a tirar l'ase i a remugar baixet.

—Pare —vaig dir-li jo, conciliadora—, ja saps que són una mica sords.

—Sí, sí. Ja ho sé —va respondre'm, mentre continuava prement el timbre com si volgués foradar la paret—, però ¿i si els ha passat alguna cosa?, ¿i si han pres mal i no han pogut avisar ningú?

El meu pare sempre tan alegre i optimista, Senyor! És una de les virtuts més encantadores del pare: la seva capacitat per veure la vida de color de rosa.

Aleshores es van sentir unes passes cansades i una veu que rondinava:«ja va, ja va».

L'àvia va obrir la porta.

—Fillets! —va exclamar—. *Pobrets* meus. ¿Feia molt que picàveu?

Pobrets!, ja començàvem.

L'àvia va fer-me un petó mullat i llefiscós, i jo vaig eixugar-me la galta sense que ningú no em veiés.

Vam entrar. El pis dels avis, com sempre, estava en la penombra i feia olor de tancat.

L'avi ens esperava al menjador, tibat com un pal. Ens va fer un petó distant, distant, i va dir un hola-fillmeu al pare amb una veu tan d'ultratomba que semblava que algú s'hagués mort.

I, així era! (almenys per a ells), perquè, com que no els cabia al cap que una dona pogués abandonar el seu marit, van concloure que la mare per a ells havia mort, i d'ençà la separació mai més no van tornar a anomenar-la.

I, és clar, nosaltres érem els pobres fills de la morta! I el pare era el pobre marit de la morta! (o el pobre vidu de la morta; no sé gaire com devia anar això).

L'hora de dinar va ser tan rígida i tan tensa que, en acabar, em feia molt mal l'estómac i tenia ganes de vomitar. I, afortunadament, la sobretaula no va allargar-se massa i vam poder marxar de seguida.

Just en el moment en què el pare posava la clau al pany, va sonar el telèfon. Aleshores tot va succeir-se amb molta rapidesa, com cada vegada que se sentia el riiiing de l'aparell en els últims dies.

El pare va empènyer la porta amb tanta força que va estavellar-la contra la paret, va deixar-se les claus posades al pany, va córrer pel passadís com si volgués emular en Ben Johnson, va saltar per sobre del sofà de la sala i va tirar-se en planxa damunt del telèfon, per dir:

—Sí? —amb veu asfixiada.

Per fer tot això havia emprat tres segons. Un menys que l'última vegada! En Marc i jo n'estàvem segurs perquè li ho havíem cronometrat. Estàvem tots dos meravellats d'aquest nou hàbit del pare, que només s'havia començat a manifestar a partir del moment en què la mare havia marxat de casa.

—Per tu, Carlota —em va avisar el pare. I tornava a tenir l'aire de cansament infinit que l'havia acompanyat en els últims dies, com si la cursa per despenjar el telèfon l'hagués deixat esgotat.

No vaig preguntar-li qui era. No podia ser una altra que la Mireia.

—Hola —vaig saludar-la.

I, abans que pogués engegar-li algun retret perquè feia massa temps que no em trucava, una veu que no era la de la Mireia va tartamudejar:

—Ho-hola.

En Jordi!

No m'ho podia creure! D'ençà el matí al cinema que no havia tornat a dir-me ni una sola paraula. És clar que jo també havia fet el mateix, perquè m'havia limitat a mirar-lo sense dir-li res de res. Ja m'havia resignat a creure que les sensacions que havia experimentat el meu colze, quan en el cine tocava el d'en Jordi, eren només això: sensacions del meu colze i prou. És a dir, que en Jordi ni s'havia adonat que hi havia un tros de braç a la vora d'ell i que, a més, el tros de braç s'ho estava passant d'allò més bé.

Durant uns segons tots dos ens vam quedar muts. Jo, per la sorpresa que m'havia provocat la seva trucada. Ell, no sé per què.

—Et truco perquè m'he oblidat la llibreta de llengua a l'escola i no puc analitzar les frases per demà. I ja saps com es posarà la Comes si m'enganxa...

(De fet, aquesta parrafada tan llarga no la va dir d'una tirada, sinó que va entrebancar-se unes quantes vegades. Jo estava ben sorpresa: a la classe mai no m'havia adonat que li costés tan parlar, com si li fes vergonya).

Quina decepció! De manera que només em trucava perquè no tenia el text de llengua! És clar que, si de debò era només per això, ¿per què em trucava a mi? En Jordi sabia perfectament que aquesta assignatura i jo érem gairebé incompatibles, ¿per què no trucava, doncs, a algú altre de la classe que tingués més aptituds que jo?... Potser els deures de llengua no eren més que una excusa. Però potser no, perquè per dictar unes frases no es necessita ser una llumenera.

No sabia què pensar, de debò. Però, de tota manera, m'agradava molt que m'hagués trucat a mi.

—Espera't un moment que vaig a buscar la carpeta —vaig dir-li.

I vaig passar-me més de mitja hora dictant-li el text en qüestió. Vaig dictar-li amb tots els punts i comes perquè no volia que s'acabés mai aquella trucada. Però, finalment, ja no quedava res més per dictar. Em vaig esprémer el cervell mentre buscava una bona excusa per continuar parlant, però no se me n'acudia cap.

Es va fer un silenci antipàtic entre tots dos.

Em vaig decidir:

—A tu no et costa gaire la llengua, ¿oi?

—No, ja saps que se'm dóna força bé —va contestar, i, abans que jo tingués temps de demanar-li un cop de mà de tant en tant, ell se'm va avançar—: si vols et puc ajudar (va dir-ho amb un filet de veu).

Gairebé no el vaig deixar acabar:

—Sí! Em sembla una gran idea.

I, entre mi, vaig pensar: «espero que tot això no es quedi en unes classes particulars únicament».

—Molt bé, doncs, et trucaré d'aquí a una estona, quan tingui analitzat el text.

—Adéu, Jordi.

—Adéu, Carlota —vaig sentir que deia.

I tots dos vam penjar.

Vaig passar-me la tarda d'un bon humor com feia dies que no sentia. Fins i tot tenia ganes de cantar. El pare, però, va opinar que mai no arribaria a ser la Caballé i que el millor per a la salut mental de la família i, sobretot, per a les orelles de tots plegats (que havien millorat sensiblement des que en Marc s'havia quedat sense tocadisc) era que desaparegués en direcció cap a la meva habitació i el deixés sol amb la *seva pena* (paraules textuals).

Vaig fer tots els deures molt més de pressa del que hauria estat possible imaginar donada la dispersió de la meva ment. No me'n vaig sortir gaire amb el text de la Comes i vaig optar per esperar la trucada d'en Jordi. Mentrestant, vaig ajudar una estona en Marc amb la física i, després, vaig posar música i vaig ballar sola per la meva habitació. Feia dies que no estava tan i tan contenta. O, almenys, això em semblava.

Quan va trucar en Jordi, vam gastar més de mitja hora per resoldre l'anàlisi del text. No sé si era exactament el temps que necessitàvem o tots dos vam mirar d'allargar la conversa.

Vaig penjar el telèfon i vaig treure el nas per la porta de la sala. Vaig observar el pare que descansava a la butaca de pell. No feia res (últimament tenia una tendència molt més gran que mai a no fer res. I això que l'activitat no ha estat mai una de les característiques destacades del pare!).

Estava assegut molt a la punta del seient. Tenia l'esquena tirada enrere, i el cap i les espatlles recolzats en el respatller. Havia estirat les cames tan llargues com eren, de manera que el seu cos formava una diagonal. Els colzes li descansaven un a cada braç de la butaca i les seves mans estaven juntes palmell contra palmell. Les puntes dels dits li tocaven el nas.

Consumia els vespres així d'ençà que la mare havia marxat de casa. Era com si no s'adonés de res o com si tot li fos igual.

—Pare —vaig cridar-lo suaument perquè no tingués un ensurt (com que estava delicadet!).

—Mmmm? —va fer alçant el cap i va mirar-me com si no em reconegués.

«Potser té amnèsia», vaig pensar.

—Pare, sóc la Carlota —vaig recordar-li.

—Ja ho sé, pocasolta, que ets la Carlota —va etzibar-me.

Vaig passar-li per alt el fet que fos tan desconsiderat (ja he dit que estava delicadet i que el teníem una mica consentit) i vaig suggerir-li:

—Potser hauríem de sopar, ¿oi, pare?

—Quina hora és?

—Un quart d'onze.

—UN QUART D'ONZE? Com m'ha passat la tarda. Sense adonar-me'n.

Jo encara me'l mirava i esperava alguna ordre. On hi hagi un pare...

Ell va interpretar la meva mirada i va treure la seva veu de comandament.

—Au! Vés a fer el sopar i digues a en Marc que t'ajudi.

Vaig anar cap a la nevera i vaig obrir-ne la porta. Un panorama lamentable! A dins no hi havia res que pogués servir per arribar a fer un sopar.

Vaig obrir la porta del congelador i vaig estirar-ne, un per un, els calaixos. El primer era buit, el segon era buit i el tercer contenia els glaçons de gel sense molles de pa, perquè d'ençà que la mare no hi era ningú no es recordava de comprar-ne ni una barra.

Vaig contemplar desanimada aquella mena d'armari blanc que des de feia dies no servia per a res.

Vaig optar per comunicar-li la descoberta al pare i deixar que ell decidís què calia fer (malgrat que estigués delicat, bé havíem de fer-lo reaccionar; no podia deixar-nos morir d'inanició).

—Posa't la jaqueta i avisa en Marc. Anem a sopar fora.

Vaig sortir disparada a buscar en Marc i, quan era al passadís, vaig tenir el temps just per veure'l en el moment en què sortia de la meva habitació, amb alguna cosa a les mans, i entrava a la seva.

No vaig trucar a la porta. Vaig ficar-m'hi directament. El vaig sorprendre. No sé què feia perquè no vaig poder veure-ho gaire bé, però el seu gest precipitat m'indicava que es tractava d'una acció clandestina.

—Ensenya-m'ho! —vaig dir, a l'atzar, amb la meva millor veu de perdonavides.

—Ensenyar-te què? —va respondre.

Podria haver pensat que jo m'equivocava i que en Marc no m'amagava res. Però no. Ell m'havia fet la pregunta sense convicció, el que em confirmava que, efectivament, alguna cosa m'ocultava.

—El que amagues. Ensenya-m'ho —vaig increpar-lo.

Va rondinar mentre alçava el coixí i em mostrava allò que hi havia posat a sota.

UNS MITJONS MEUS!

—Per què els vols? —vaig inquirir—. No pots demanar-me'ls?

—És que si te'ls demano em diràs que no me'ls deixes.

—Per què hauria de fer-ho? No acostumo a dir-te que no quan em demanes coses com aquesta.

—Perquè són els últims mitjons nets que queden a casa.

Vam convenir que aquesta absoluta falta d'organització no podia continuar de cap de les maneres i que o bé el pare s'oblidava que no estava gaire fi i resolia la situació o bé nosaltres ens oblidàvem que tampoc no teníem gaire humor i miràvem de posar-hi remei.

Però no va caler que féssim cap comentari al pare.

Ell també havia tingut consciència que estàvem molt a la vora del desastre total i que era imprescindible actuar.

Durant els primers minuts, asseguts a la taula de la pizzeria, escoltar el pare va resultar pesat. Parlava molt a poc a poc, amb una veu tan dèbil que gairebé no el sentíem. A mesura que ens anava exposant el seu pla, però, s'anava animant. Semblava que les seves mateixes paraules li retornaven l'energia que els darrers dies li havia mancat. Progressivament va anar-se asseient més dret a la cadira, els ulls li van començar a brillar i la veu se li va fer més potent.

Aviat va parlar-nos com si fóssim uns clients a qui volgués vendre un viatge fantàstic i caríssim a l'Antàrtida. I tampoc no era això! El que ens proposava no era res de l'altre món: era organitzar-nos com ja ho havíem fet abans, en l'època en què la mare vivia a casa, només que ell no en tenia consciència, perquè arribava quan ja tot estava fet. I ara el seu pla li semblava meravellós i únic com un viatge interplanetari d'oferta. Heus aquí la *ganga* que ens venia:

1. cada divendres al vespre ell decidiria els menús dels set dies següents i els deixaria exposats a la porta de la nevera (això ho havia copiat de la mare, només que, com que ell no sabia cuinar, els menús van resultar d'allò més limitat i ensopit).

2. cada dissabte ell i en Marc o jo i en Marc aniríem al super a comprar tot el que durant la setmana haguéssim anotat a la llista de la cuina, també penjada a la nevera. (Aviat vam descobrir que anar a comprar amb el pare era molt més divertit que amb la mare. Amb ell sempre acabàvem enduent-nos deu coses més de les que en realitat necessitàvem: galetes, xocolata, cogom-

brets en vinagre, mostassa, magdalenes, cacauets salats, etc...)

3. els caps de setmana que fóssim a casa, en Marc havia de fer el sopar els dissabtes i jo els diumenges. Els altres dies de la setmana se n'encarregaria el pare perquè d'ara en endavant, tornaria a casa d'hora (això últim no ens ho vam acabar de creure).

La llista del viatge interplanetari era molt llarga i acabava amb el punt disset, que deia: li demanarem a la Matilda que en comptes de venir un dia a la setmana en vingui dos i s'encarregui de la neteja a fons de la casa.

Quan vam acabar el sopar, no tan sols ens sentíem satisfets del menjar, sinó també dels propòsits que ens havíem fet.

CAPÍTOL VUITÈ

MOLT SOVINT sembla que les situacions d'un mateix signe s'ajuntin; vull dir que, quan comences a tenir mala sort i comencen a passar-te coses dolentes, et fa l'efecte que tot plegat no s'ha d'acabar mai i que, facis el que facis, qualsevol cosa t'hagi de sortir malament. I, un bon dia, les circumstàncies canvien sense que et puguis explicar com. A partir d'aquell moment, tot comença a rutllar i sembla que el vent et vagi a favor.

I això és el que em va passar aquella setmana, que va començar bé i va acabar-se molt millor encara.

La primera cosa bona d'aquells dies va ser que vaig estar-me moltes hores amb en Jordi, perquè el vaig veure no tan sols a l'escola sinó també a fora. Ell mateix em va proposar, després de la trucada del cap de setmana, que si jo volia podíem fer sempre junts els exercicis de llengua i que, fins i tot, ell m'ajudaria a estudiar els exàmens. M'ho va dir sense mirar-me als ulls i amb veu molt baixa, però, tot i això, el vaig sentir i vaig estar a punt de fer un bot d'alegria. Fantàstic! Tindria l'ocasió d'estar moltes estones sola amb en Jordi. I, al damunt, aprendria a fer anàlisis sintàctiques i deixaria la Comes amb un pam de pas!

Ni el dilluns ni el dimarts vaig anar a veure en Ramon; però la veritat és que no ho vaig trobar a faltar gaire. Millor dit, per ser exacta, amb prou feines hi vaig pensar, perquè tots dos dies, al costat d'en Jordi, el temps em va passar volant, sense que pogués enyorar les visites a l'hospital. I això que l'única cosa que vaig fer amb en Jordi va ser estudiar llengua. Bé, exactament l'única, no.

La primera tarda vam anar a casa d'ell. A mi no em feia gaire il·lusió, perquè pensava que el plom de la seva germana ens faria la vida impossible. Però no vaig saber com dir-li que no. A més, pensava que, si anàvem a casa meva, *el plom del meu germanet* tampoc no ens ho posaria gaire fàcil. De manera que m'hi vaig deixar portar.

(Després va resultar que la seva germana era a classe de piano i no havia de tornar fins a les nou tocades!)

La seva mare va dir-nos que estava molt contenta de veure que tots dos teníem tan d'interès en els estudis i que féssim el favor de posar-nos a treballar en el menjador que estaríem més còmodes i que a mitja tarda ens portaria una mica de berenar.

Quina paparra de senyora! Va quedar-se a la sala i no parava de vigilar-nos *tota l'estona*. Me n'adonava perfectament perquè, tot i que jo era asseguda d'esquena a ella, la veia reflectida en el gran mirall del bufet, que era just enfront meu, i podia detectar les seves mirades atentes. Era una mare amb vocació de policia!

Devia quedar-se molt satisfeta del resultat de la seva vigilància, ja que no vam fer altra cosa que repassar conceptes de gramàtica que jo tenia apresos amb pinces i menjar-nos l'entrepà de formatge que ella mateixa ens havia preparat.

L'endemà vaig dir-li a en Jordi que anéssim a casa meva. Sabia que, a aquella hora, el pare no hi seria encara, i amb una mica de sort no arribaria fins més tard.

En Marc, en canvi, si que hi era i probablement, si jo no hi posava remei, m'empiparia tota l'estona.

Hi vaig posar remei!

Mentre en Jordi es treia el tabard, vaig entrar a l'habitació de la música, on era en Marc, vaig aclarir-me el coll i vaig dir-li amb veu de mel:

—Germà estimat, necessito que em facis un favor.

El meu *germà estimat* va tombar-se cap a mi amb cara de tigre a punt d'atacar.

—Imbèèèèèèèèèèècil —va engegar-me amb l'educació que el caracteritza—, ¿que no ho has vist que estava gravant?

Francament, ni me n'havia adonat. Vaig mirar d'arreglar la situació i recuperar el terreny perdut, perquè, si no ho feia, veia difícil que pogués pactar amb ell. Vaig fer veu compungida (perquè m'hi sentia de debò):

—Perdona'm, no era la meva intenció...

No em va deixar acabar:

—*Perdona'm, perdona'm*, ¿vols explicar-me de què serveix dir això quan ja l'has espifiada? Ara hauré de començar de nou i potser no tindré temps d'acabar i demà li he de tornar el cassette a la Margi. Perquè el cassette no és meu, és clar!

—No t'ho volia fer, de debò...

—És clar, foca asmàtica, si demanessis permís abans d'entrar als llocs...

Ja en tenia un tip de la bronca que m'estava clavant el meu *germà estimat* i ja me n'estava fartant de fer veu de nena bona mentre ell m'escridassava i en Jordi s'esperava a la meva habitació i devia pensar que potser m'havia fugat i l'havia deixat abandonat en aquell pis estrany.

Vaig canviar de veu. Vaig posar-me tràgica.

—Està bé, així és com em pagues el que venia a oferir-te.

Vaig tombar-me, com si em disposés a marxar; però ho vaig fer molt lentament per donar-li temps de reaccionar.

—¿Què venies a oferir-me? —em va preguntar totalment desconcertat.

—Res, res. És igual, no t'hi amoïnis —vaig dir-li jo girada d'esquena amb la mà al pom de la porta, però sense acabar de marxar.

—No, digues, ¿què volies?

Ah! Allò ja estava millor. Ja el tenia en disposició d'escoltar-me i d'acceptar pactes.

—Pensava que podries anar a la granja i prendre't una coca-cola.

Em va mirar amb recel. Es devia preguntar quina mosca m'havia picat per convidar-lo a una beguda a sant de res i després d'una bona esbroncada.

—Quan pugis, ¿podries portar-ne dues més: una per a mi i una per a un amic meu que ha vingut a estudiar amb mi? ¿D'acord?

Va trobar-ho bé. Li vaig donar els diners i, quan ja marxava, li vaig recomanar:

—No cal que tornis de pressa, t'hi pots quedar l'estona que vulguis.

Li vaig picar l'ullet.

Em sembla que em va entendre.

Vaig tornar a l'habitació amb en Jordi, que no feia cara d'haver-se avorrit gens. Vaig sospitar que m'havia estat remenant les meves coses, però no ho hauria pogut assegurar.

Vam atacar els exercicis de la Comes.

Érem asseguts tots dos al davant de la meva taula d'estudi. Com que no és gaire gran i està pensada només per a una persona, les dues cadires estaven molt juntes i nosaltres estàvem molt estrets, però a mi no em feia res. Sentia l'olor d'en Jordi i m'agradava.

Em costava seguir les explicacions d'ell perquè estava més pendent del seu braç, que fregava el meu, o de la seva mà, que tocava la meva. Com el dia del cine, tenia la pell de gallina i les carícies que em feia sense voler (¿o potser me les feia volent?) m'agradaven moltíssim.

Vaig decidir escoltar les seves explicacions perquè no volia que es pensés que era tonta. En poca estona vaig entendre el tema que estudiàvem aquells dies.

Quan en Marc va trucar a la porta per donar-nos les begudes (que educat, Senyor; després el felicitaria per la seva delicadesa!), vam adonar-nos que ja eren les vuit i en Jordi va dir que havia d'anar-se'n cap a casa.

El vaig voler acompanyar fins a la parada de l'autobús. I vaig demanar a en Marc que, si el pare arribava mentre jo era fora, li digués que no trigaria a tornar.

Al carrer feia fred. Ja érem a primers de desembre. Després de caminar uns metres se m'havien gelat les mans i la punta del nas se m'havia tornat vermella de l'aire glaçat que bufava.

Vaig picar de mans per escalfar-me-les. En Jordi em va mirar i, sense dir-me res, va agafar-me la mà esquerra (la que li quedava més a la vora) i la va introduir a la butxaca del seu tabard. I allí dins va estar-se la meva mà, arrecerada en la seva.

El meu cor va començar a saltar com una molla embogida. Des de les galtes enceses fins a la panxa notava una escalfor molt dolça. Les cames se m'havien posat ben toves. La sensació que em recorria tot el cos era molt millor que la sensació que havia tingut al cine o a l'habitació mentre estudiàvem.

A la parada de l'autobús ens vam dir adéu i tots dos, com si ens haguéssim posat d'acord, ens vam estrènyer la mà amb força.

Vaig arrencar a córrer cap a casa perquè s'havia fet molt tard i tenia por que el pare hagués arribat i em renyés.

I sí. El pare ja era a casa i em va clavar un bon escàndol perquè, d'ençà el rampell organitzador del cap de setmana, havia perdut la seva desesma i semblava disposat a actuar, a intervenir, a decidir, a etcètera, més del que mai havia fet quan la mare vivia amb nosaltres. De manera que va opinar i va considerar que aquelles no eren hores perquè jo anés pel carrer i que, d'ara en endavant, s'havia acabat, em volia a casa més aviat. Jo l'escoltava una mica només i, mentrestant, m'olorava la mà esquerra, que encara conservava l'olor d'en Jordi.

Mentre sopàvem va tenir temps d'enfadar-se una altra vegada perquè ens va interrompre una trucada d'aquelles que ell no suporta (de tota manera, va decidir que era una d'aquelles trucades que no pot sofrir quan, després d'haver-se tirat en planxa damunt del telèfon, va constatar que era la Mireia, que demanava per mi).

Vaig haver-li de dir a la Mireia que no podia parlar amb ella, tot i que en tenia moltíssimes ganes: havia d'explicar-li el que m'havia passat amb en Jordi i també li volia dir que em semblava que en Ramon ja no m'agradava o, en tot cas, molt poquet. Ella em va demanar que la truqués després de sopar perquè havia de parlar amb mi URGENTMENT; però el pare no em va deixar ferho, va dir que era massa tard i que no eren hores de trucar a les cases. Uf!, quan el pare es posava intervencionista era una mica pesat.

El dimecres van passar dues coses bones.

La primera va ser que la Comes va fer-me sortir a la pissarra a analitzar unes frases, i una mica més i cau asseguda a terra quan va adonar-se dels meus *inexplicables* progressos. Em mirava a mi i després mirava la pissarra com si el que veia no pogués pas ser veritat. Finalment va fer-me asseure altre cop, encara tan astorada que va ser incapaç de reaccionar. Només va poder mormolar: «molt bé, nena, molt bé», mentre jo caminava ufana i estarrufada cap al meu lloc i ni tan sols em molestava pel seu *«nena»* impertinent (no n'aprendria mai, probrissona, de tractar la gent de la nostra edat).

L'altra cosa bona va ser que era dimecres i que, per primer cop des que la mare no vivia amb nosaltres, l'havíem d'anar veure a casa seva.

En Marc i jo, al matí, ens havíem preparat les bosses respectives amb la roba de recanvi i havíem decidit que, a la sortida d'escola, hi aniríem plegats. Estàvem una mica nerviosos perquè se'ns feia estrany visitar la mare en una casa que no era la nostra. Teníem por de no saber quina cara fer quan tornéssim a trobar-nos tots tres junts.

Però no. Tot eren pors imaginàries, que es van dissipar com la boira, perquè, quan la mare va obrir la porta de casa, vam estat tots tres tan contents de tornar-nos a trobar que res no va resultar estrany.

—Els meus tresors —deia la mare. I vinga fer-nos petons, i gairebé ens ofegava.

—Però va, ¿que no voleu veure com ha quedat la casa? ¿Què feu encara aquí al rebedor? —deia.

En Marc i jo ens vam mirar per entremig de l'abraçada de la mare amb cara de complicitat: ni en mil anys la mare deixaria de ser la mare! Era ella la qui ens tenia segrestats al costat de la porta d'entrada, però semblava que fóssim nosaltres els qui no ens haguéssim mogut ni un milímetre.

—Va, sí anem! —vaig cridar—, que tinc ganes de veure-la.

Vaig entrar a la meva habitació. Quin canvi!

Efectivament, el que en Marc m'havia explicat ja feia dies s'havia complert. La mare ens havia fet fer una tarima de fusta ben alta (a sota no hi cabíem drets, però sí asseguts a les taules d'estudi) i, al damunt, hi havia col·locat els llits. Les dues habitacions s'assemblaven molt i eren molt boniques.

Vaig respirar profundament: vaig omplir-me els pulmons del tot i vaig treure'n tot l'aire. Vaig sentir-me feliç i vaig tenir la sensació que aquella habitació i jo ens entendríem. Vaig tombar-me cap a la mare, que s'havia quedat al rebedor i ens contemplava, ara a mi, ara en Marc, que també havia anat a xafardejar la seva habitació.

—Us agrada? —va preguntar la mare.

—MOLTÍSSIM! —vaig exclamar i vaig afegir—: és fantàstic!

En Marc, com sempre més tranquil que jo, no cridava, però tenia els ulls brillants i un somriure d'orella a orella. Se'l veia feliç.

Me'n vaig alegrar perquè últimament havia estat una mica moix (jo estava segura que, tot i les seves cares de persona pràctica, la separació dels pares li feia tanta pena com a mi).

—Uhu! —vaig udolar com si fos una comanxe. I tots dos, en Marc i jo, vam sortir disparats per visitar el que encara ens quedava per veure.

Francament, la casa de la bruixa havia deixat de semblar-ho. La mare havia pintat les parets, els sostres i les portes de blanc, i tot tenia un aspecte ordenat i lluminós. Els vidres estaven nets i, encara que no hi havia cortines, les finestres feien goig. Les rajoles, velles i força gastades, deixaven entreveure antics dibuixos grocs i blaus.

A la sala-menjador vam trobar-hi el sofà vell que havia desaparegut de l'habitació de la música de casa, una taula-braser amb quatre cadires i moltíssims llibres (tots els que havien estat a les prestatgeries de l'altre pis), uns en una prestatgeria de pi i els altres per terra, amuntegats en piles d'equilibri inestable.

La mare va observar que jo em mirava les piles de llibres i va dir:

—Quan tingui diners compraré més prestatgeries; tot alhora no es pot fer.

A l'habitació de la mare també hi havia pocs mobles (i alguns eren fàcils de reconèixer: procedien de l'altre pis!), però resultava, com la resta de la casa, confortable i alegre. En fi, *per acabar-se de creure que la separació dels pares era només temporal.*

Aleshores vaig notar l'olor de pastís que devia venir de la cuina. LA CUINA! Ara recordava que no havia pensat cap dia a preguntar-li a la mare què passava amb la cuina de casa seva i com ens ho faríem si no en tenia.

—Has fet un pastís? —vaig preguntar amb incredulitat.

—Naturalment! —va respondre la mare amb veu de dignitat ofesa, però, aquesta vegada, de broma—. Què et pensaves, noia?! M'agrada celebrar que estic amb els meus fills, altra vegada.

—Però, ¿com t'ho has fet, si no hi ha cuina en aquesta casa?

La mare va posar-se a riure i va dir:

—¿Que no hi ha cuina? ¿Qui t'ha dit que no n'hi ha?

En Marc s'havia acostat corrents a una finestra que s'obria a la sala, just al costat de la portalada que donava al jardí.

—Aquí! —va cridar triomfalment.

Jo devia semblar un carallot, perquè en Marc va aclarir-me:

—Aquí està la cuina, aturada!

No ho entenia del tot, jo. La cuina era al jardí?

Doncs, sí. La cuina era al jardí.

La mare havia fet construir una petita cuina en el jardí, adossada a la paret de la sala. Era una cuina tan petita, que amb prou feines hi cabien dues persones.

—Si et creix més el cul no podràs ficar-t'hi —va opinar en Marc, tan gentil com de costum.

Vaig girar-me cap a la mare per veure què hi deia ella, perquè, la veritat, jo també trobava que darrerament les meves dimensions havien augmentat, potser no de forma alarmant però sí de forma notable.

—NI CAS, filla! Estàs molt bé com estàs.

—Però ¿no trobes que tinc el cos diferent? Tinc la sensació que últimament tots els pantalons se m'han fet petits.

—Em sembla que, efectivament, el teu cos s'ha eixamplat una mica. No m'estranyaria gens que aviat et vingués la regla.

«Ja seria hora», vaig pensar. Però no m'ho vaig acabar de creure perquè la mare fa molt de temps (d'ençà que vaig fer dotze anys) que diu això. Ho diu sempre que em descobreix un gra nou, cada vegada que em queixo de la de panxa i quan uns pantalons se'm fan petits. De manera que mai no m'ho acabo de creure del tot. Però aquesta vegada potser era diferent, perquè jo mateixa em sentia estranya i notava que el meu cos estava canviant.

Vam sortir al jardí, perquè, per entrar a la cuina, calia fer-ho.

Feia fred i ja era de nit. Tot i això em va agradar sortir-hi i estar-m'hi una estona i notar la mateixa olor de menta que la primera vegada que hi vaig ser.

La mare va encendre un llum que estava sota la marquesina (la marquesina també era nova, i, probablement, la mare l'havia fet construir per poder anar de la cuina a la casa i de la casa a la cuina sense mullar-se si plovia).

El llum va il·luminar el jardí, que semblava més net. Les plantes havien estat una mica podades, de manera que es podia caminar tranquil·lament sense por d'esgarrinxar-se les cames. El lloc, però, conservava aquell aire salvatge que m'enamorava. Vaig determinar que volia celebrar els meus quinze anys en aquell jardí.

—Vinga, nois, ajudeu-me! —va cridar la mare des de la cuina.

En Marc i jo hi vam córrer.

Impossible! Del tot impossible que la mare, en Marc i jo poguéssim encabir-nos tots tres en aquell espai tan diminut. Era una cuina gairebé de joguina.

—Au, Marc, vés a parar la taula, que si no ens morirem ofegats —va demanar la mare. I va afegir—: trobaràs els plats, els coberts i els vasos a l'armari negre de la sala.

Després va tombar-se cap a mi i va demanar-me que l'ajudés a preparar un soufflé de formatge.

La mare s'havia comprat un cistell per als ous igual

que el de casa. Naturalment, abans que cap altre ou, vaig agafar els que tenien un gargot de retolador vermell, perquè ja sabia que aquells eren els més antics i s'havien de consumir abans. Manies de la mare o l'organització de la mare, segons com es miri!

Vaig separar els rovells de les clares i vaig començar a batre-les a punt de neu, mentre la mare treia el pastís de poma del forn i arrebossava la carn.

—Carlota!, *te-lè-fon* —va avisar-me en Marc amb una certa sorna.

Convençuda que era en Jordi, vaig deixar la forquilla en l'aire (molt em temo que devia estavellar-se a terra), vaig volar entre la cuina i la sala i vaig tirar-me en planxa al damunt del telèfon. I jo mateixa vaig recordar-me el pare. Ell feia gairebé el mateix quan sentia el ring de l'aparell. Quina casualitat!

—Sí? —el meu cor anava a mil per hora.

—Hola —EN JORDI!

Vam xerrar una bona estona. S'hi estava bé, a l'habitació de la mare, asseguda en el seu llit, parlant amb en Jordi.

M'hi vaig quedar fins que la mare va cridar: «a taaaaaula», i aleshores vaig adonar-me que no l'havia ajudat a fer el sopar, que ho havia hagut de fer tot ella sola i que, al damunt, el primer dia de ser a casa seva i després de no veure-la durant gairebé quinze dies, l'havia abandonat per anar-me'n a parlar amb en Jordi, a qui veia cada dia a l'escola. No em vaig agradar gaire.

Vaig sortir disparada de la seva habitació i me li vaig penjar del coll per fer-li un petó. Ella me'l va tornar.

Durant el sopar, mentre en Marc xerrava pels descosits, jo vaig dedicar-me a pensar en el que m'havia explicat la Mireia aquell matí i que ja havia intentat explicar-me la nit abans quan el pare va considerar *que no eren hores de trucar a les cases*. L'Àlex i ella s'havien fet el primer petó. El primer petó de debò, vull dir. La Mireia volia saber si en Jordi i jo ens fèiem petons d'aquells. Jo no vaig contestar-li ni que sí ni que no. De fet, no ens n'havíem fet mai cap. I en tenia ganes, però també tenia por. No vaig gosar comentar-li a la Mireia; em va semblar que pensaria que era tonta.

Després de sopar, en Marc va anar a la seva habitació i jo vaig ajudar la mare a rentar els plats. Mentre ella els ensabonava i jo els esbandia, pensava com li podia preguntar tot el que li volia preguntar. Finalment vaig decidir-me:

—¿Quan vau fer-vos el primer petó, tu i el pare?

La mare va deixar l'esponja damunt el plat que fregava en aquell moment i va fer cara de concentrar-se:

—No me'n recordo —va contestar-me.

I jo vaig sentir-me molt decebuda. Com era possible que un no recordés el primer petó de la seva vida...? El primer? Segur?

—Vas sortir amb algú abans de sortir amb el pare?

—Sí.

Vaig mirar-me la mare com si la veiés per primer cop. Ella amb un home que no fos el meu pare... I tot d'una vaig adonar-me que, d'ara en endavant, podia tornar a passar. Podia passar que la mare sortís amb un altre home i, fins i tot, que se n'anés a viure amb ell. I també el pare podia trobar una altra dona. Com havien fet els pares de la Mireia. No sabia si m'acabava d'agradar la idea.

La vaig omplir de preguntes perquè, de cop, eren tantes les coses que necessitava saber: Com va conèixer el pare? A on? Per què s'hi va casar? Com va conèixer els altres nois? Què sentia quan es feien petons? Que li deixava fer la seva mare, és a dir, l'àvia?

De cop, la mare va canviar de conversa:

—Com està en Ramon?

—Millor, s'està recuperant.

—Encara és a l'hospital?

—Sí.

—... de manera que aquest que ha trucat no era en Ramon, ¿oi?

—No. Era en Jordi.

—Ah!... I aquest Jordi, ¿qui és? —va preguntar la mare, mentre s'eixugava les mans i encenia un cigarret.

La cuina va omplir-se amb un núvol de fum.

—Un... un amic de la classe.

La mare va observar-me com si em fes una radiografia del cervell. Vaig sentir-me incòmoda. Estava convençuda que ja ho havia endevinat.

—T'agrada?

(Efectivament, ho havia encertat)

—Qui? En Jordi?

La mare va fer que sí amb el cap.

—Ssssssí.

La mare va estar-se un moment sense dir res. I jo, mentrestant, em rumiava si li plantejava els meus dubtes o no. Ella va ser més ràpida.

—I sortiu junts?

Vaig alçar les espatlles perquè no sabia què contestar-li. Sortíem junts en Jordi i jo? No ho sabia i, al pas que anàvem, potser no ho arribaria a saber mai. Vaig decidir-me a explicar-ho tot a la mare: que en Jordi era molt tímid i em semblava que no gosava demanar-m'ho.

—I per què no li has demanat tu? —va preguntar la mare.

Per què? Per què no li ho havia demanat jo? «Potser perquè sóc tan tímida com ell», vaig dir-me. I em vaig prometre a mi mateixa que a la primera ocasió li ho plantejaria.

—... de manera que ¿ara ja no t'agrada en Ramon? —va preguntar-me la mare.

—Mmm —vaig fer, i volia dir: «em sembla que no».

La mare, que interpretava perfectament les meves respostes mmm, va fer cara d'entendre-ho tot i va dir:

—Aquestes coses passen. De vegades t'allunyes d'algú amb qui havies estat molt bé. Te n'allunyes potser perquè deixes d'entendre-t'hi o potser perquè tu has evolucionat cap a un cantó i l'altra persona ho ha fet cap a un altre i us trobeu en camins oposats i els interessos ja no són els mateixos i ja no podeu tenir projectes en comú. Així és la vida, Carlota.

I em va semblar que tot això ho deia per ella i el pare més que per mi i en Ramon. Però, en tot cas, em va semblar que l'entenia.

En Marc ens va interrompre quan va treure el cap per la finestra de la cuina:

—Ep!, mare, ¿m'ajudes a preparar la prova de socials? —i va picar-me l'ullet.

La mare va sospirar, va apagar el cigarret, va dir-me que continuaríem parlant de tot allò un altre dia i va demanar-me que acabés d'ordenar jo la cuina.

Mentre m'enduia els plats secs cap al menjador, vaig pensar que ja m'anava bé que aquell vespre fos la mare i no jo qui ajudés en Marc a estudiar. Jo necessitava temps per pensar en les meves coses.

CAPÍTOL NOVÈ

EN JORDI m'havia dit que, a la tarda, a la sortida de l'escola, no podríem estudiar junts encara que havíem quedat d'acord per fer-ho (els exàmens trimestrals eren tan a la vora...!).

Vaig pensar que podia aprofitar per anar a veure en Ramon, a qui, entre les visites a la mare, les classes amb en Jordi i el meu progressiu desinterès, feia molts dies que tenia abandonat. Només sabia d'ell, a través de les notícies que als matins em donava la Júlia, que estava cada cop millor i que pràcticament havien desaparegut tots els seus problemes de llenguatge.

Vaig esperar-me a la porta de l'escola per parlar amb en Marc. Després d'un quart d'hora ben bo, va sortir amb els seus amics.

—Mira, Marc, la teva *germaneta* —va dir un d'aquells micos amb sornegueria.

Vaig alçar els ulls al cel. Senyor, quina paciència es necessitava! Les coses ja no eren com abans. Quan en Marc feia primer o segon de bàsica, els seus amics em miraven amb respecte, gairebé amb veneració. Ara, en canvi, els havia d'aguantar que em parlessin en aquell to.

Vaig ignorar aquells mosquits i vaig dirigir-me a en Marc amb veu neutra.

—Marc, quan arribi el pare, avisa'l que tornaré una

mica tard. Me'n vaig a l'hospital a veure en Ramon.

—Avui no vas amb en Jordi? —va preguntar la descarada de la seva germana.

Tots van riure com hienes histèriques (ja m'ho havia imaginat que la notícia de la nostra recent amistat s'escamparia aviat per l'escola).

Vaig fulminar-la amb la mirada i ella no es va desintegrar, però va notar la descàrrega, perquè va amagar-se darrere l'esquena d'un dels goril·les de la seva classe.

El goril·la va eixamplar les espatlles per demostrar-me com era de potent, la germana d'en Jordi va deixar anar un riure de conill, protegida pel cos de l'altre, i jo vaig fer cara de menyspreu, però vaig enretirar-me una mica; tampoc no era qüestió d'anar a pinyes amb els amics d'en Marc.

—Potser l'hi diré, nena; però potser no l'hi diré.

—Mira, *petit*, fes el que vulguis —vaig engegar-li, recalcant bé la paraula «petit», perquè tots sabessin amb qui se les havien de veure. Però em fa l'efecte que no els vaig acabar d'impressionar.

Estava convençuda que en Marc li donaria l'encàrrec al pare, perquè també estava convençuda que el pare tornaria aviat.

Aquest costum del pare d'arribar poc després de les set era nou d'uns dies ençà. De vegades, em feia l'efecte que no m'acostumaria mai a tenir-lo a casa amb nosaltres tan d'hora. Era una mica empipador, perquè pretenia ficar el nas en totes les nostres coses. Per exemple, volia saber:

1. si ja havíem fet els deures, si els havíem fet polits, si ens ho sabíem tot, si ens organitzàvem bé el temps d'estudi i el de lleure.

(Que tafanegés en totes aquestes qüestions ja era un

inconvenient considerable, però calia afegir-n'hi, al damunt, un altre: el concepte que el pare tenia del lleure. Per a ell, el lleure no era ni sortir a passejar amb en Jordi, ni tornar a casa a segons quines hores, ni xerrar una hora seguida amb la Mireia, ni jugar a cartes amb en Marc, ni escoltar música amb el volum ben alt, sinó un seguit d'activitats que no tenien res a veure amb aquestes, que no ens interessaven gens, que ens avorrien molt i que dificultaven extraordinàriament la sintonia amb el pare).

2. si teníem problemes amb els professors, si ens enteníem bé amb els companys.

(En aquest punt, en Marc i jo vam discutir la possibilitat d'explicar-li el que havia passat amb la butlleta de les notes, però, finalment, la prudència ens va aconsellar mantenir-nos en silenci).

3. si teníem problemes d'alguna altra mena, per exemple, sentimentals.

(Però, és clar, com que no estàvem gens habituats a parlar amb el pare de totes aquestes coses, ens resultava violent contestar-li amb franquesa i tots plegats ens trobàvem una mica tallats: nosaltres que no sabíem què respondre i ell que no sabia com continuar).

Una altra mena de mania que li agafava era la d'ocupar-se de l'organització de la casa (que, com ja he dit, se li començava a donar molt bé; massa bé).

I volia saber:

1. si havíem ordenat l'habitació.
2. si havíem comprat el pa.
3. si havíem parat la taula per sopar.
4. si havíem deixat el bany ordenat.
5. si havíem recollit la llet fresca a la granja.

Una mica plom el pare amb totes aquestes qüestions,

però res d'això era comparable a dos altres problemes que ens plantejava sovint.

L'un era el control tan estricte que atorgava a les nostres entrades i sortides de casa, a les companyies que teníem quan sortíem i, sobretot, a l'hora en què tornàvem a casa.

L'altre problema eren els interrogatoris a què ens sotmetia quan veníem de visitar la mare.

Heus aquí només una petita mostra del que podien ser aquests interrogatoris:

Com estava la mare? Feia mala cara? Se la veia trista? Se sentia sola? Ha preguntat per mi? Hi havia algú a casa amb ella? Una amiga? Un amic? Com era? Alt? Baix? Gras? Prim? Duia bigoti? Duia barba? Duia ulleres? Era ros o morè? Com es deia? Què us ha dit?

A-GO-TA-DOR!

Senzillament insuportable!

En qualsevol cas, però, tot això era molt millor que el que passava dies enrere, quan el pare no hauria tingut esma ni per treure's una mosca de la sopa i hauria estat capaç d'empassar-se-la amb ales i potes.

Això era el que pensava quan vaig adonar-me que, gairebé sense saber com, ja havia arribat a l'hospital. A recepció vaig haver de preguntar on era en Ramon, perquè d'ençà que l'havien traslladat fora de la U.V.I. jo no hi havia anat i, només ara, constatava que ni tan sols li havia preguntat a la Júlia a quin lloc l'havien posat.

A l'habitació que m'havien indicat hi havia dos llits, però tots dos eren buits. L'un tenia els llençols ben posats, com si no hi dormís ningú. L'altre els tenia fets un manyoc i molt rebregats.

Vaig pensar que potser m'havia equivocat i que aquella no era l'habitació d'en Ramon.

Ja era a punt de marxar, quan vaig veure, damunt la tauleta de nit que separava els dos llits, el seu walkman i vaig estar segura que no m'havia confós d'habitació. Vaig decidir esperar-lo asseguda a la cadira de fòrmica blanca que era als peus del llit.

Em sentia estranya, gairebé incòmoda. Havia passat tants de dies sense aparèixer per l'hospital que ara tenia por de no saber què dir-li a en Ramon. A més, em sentia malament perquè durant aquell temps ni tan sols havia pensat gaire en ell. Al llarg dels darrers dies només havia tingut en Jordi al cap. És clar que tot allò no tenia per què saber-ho, en Ramon. I, a més, encara que ho pogués saber ¿què? Li era ben igual si jo pensava en ell o no. En Ramon només estava per la Berta i a mi gairebé m'ignorava. I, encara moltíssim més, en l'hipotètic i improbable cas que en Ramon hagués pensat en mi, ¿no tenia jo dret a pensar en qui volgués?

Vaig sentir sorolls i vaig girar-me. Els sorolls sortien de darrere una porta que hi havia en una de les parets. Em va semblar que sentia remor d'aigua. Vaig pensar que devia haver-hi el bany i que, d'un moment a un altre, en sortiria en Ramon. Estava tan nerviosa que no sabia com seure a la cadira.

Vaig dir-me que tant de bo la Berta hagués volgut venir amb mi. Però ni ella, ni en Pau, ni la Mireia, ni ningú de la classe volia visitar en Ramon. Estàvem en època d'exàmens i tots aprofitàvem qualsevol estona per estudiar, encara que els professors insistien perquè anéssim a veure en Ramon. A més, la Berta no tenia ganes d'aparèixer per l'hospital. Les dues últimes vegades en Ramon li havia fet mala cara perquè estava al corrent de la història entre ella i en Raül.

La porta del bany es va obrir i va aparèixer en Ramon.

Vaig haver de fer un esforç per no cridar.

Uix! QUINA ANGÚNIA!

En Ramon ja no duia el cap embenat. Ara se li veia la clepsa blanca, amb els puntets negres dels pèls que li començaven a créixer. Però no era això el que feia més angúnia (que déu n'hi do!). El que desassossegava més era la cicatriu immensa i boteruda que li creuava la part esquerra del cap fins a darrere el crani.

—Què et passa, maca! No has vist mai un cap pelat? —va preguntar-me en Ramon amb força malhumor (una no hauria de ser tan transparent com és, perquè aleshores es troba en situacions com aquesta, que, sense dir res, els altres ja saben el que penses).

—Síííí... vull dir, noooo. Ho sento, però és la primera vegada que veig un cap sense cabells.

—I què? Et fa fàstic, ¿oi? —va preguntar en Ramon mentre es ficava a dins del llit.

—No, no, i ara! —vaig dir amb molt poca convicció. I vaig afegir—: A més, estàs molt bé, de debò.

(Em temo que no el vaig convèncer. Segurament en el bany hi tenia un mirall i podia veure's el cap boterut).

—No cal que em facis teràpia, nena —va dir-me amb veu de fatxenda.

Em va semblar que estava una mica amargat. Era una faceta nova en el caràcter d'en Ramon, ell sempre tan alegre.

—No t'hi amoïnis, home, ja et tornaran a créixer, els cabells —vaig provar de consolar-lo (almenys això era veritat!).

Va mirar obstinadament la paret blanca que hi havia

enfront del seu llit. Semblava que volgués dir alguna cosa i no sabés com començar.

Em vaig asseure al llit, al seu costat, per estovar una mica l'ambient, que s'havia fet compacte i amarg com mai.

—Per què has estat tants dies sense venir?

La pregunta va agafar-me totalment desprevinguda. Ho deia com si m'hagués trobat a faltar. Vull dir que feia servir un to de veu que no semblava el més adequat per recriminar a una companya de classe que no hagués passat per l'hospital. Potser estava mal fixada.

—He d'estudiar molt perquè tinc exàmens. Com tots. La Berta, en Pau i els altres tampoc no han vingut, ¿oi?

—No et pregunto per ells. Et pregunto per què no has vingut tu.

Una altra vegada havia fet servir aquell to. Aquell to em recordava alguna cosa.

Vaig posar-me nerviosa. Em vaig enravenar.

Jo tenia la mà dreta al damunt del llit d'en Ramon. Ell va moure la seva mà dreta. Jo vaig voler enretirar la meva, però ja no hi vaig ser a temps: en Ramon m'hi va posar la seva al damunt.

Ecs! La mà d'en Ramon estava suada i era llefiscosa. Tenia ganes de treure-me-la aviat de sobre. Tant que m'hauria agradat tres mesos enrere que m'agafés la mà i tan poc que m'agradava ara!

Vaig començar a suar, jo també, d'angúnia. No sabia què fer. En Ramon em mirava fixament, sense obrir la boca, amb els ulls brillants com si tingués febre. Jo volia parlar, però no trobava res intel·ligent per dir.

Després d'una breu estona, com que estava tan rígida i amb una postura tan forçada, vaig haver d'exclamar:

—Se m'adorm la mà— (frase que no era precisament

brillant però que em va servir perquè en Ramon em deixés anar).

Vaig fer-me un massatge als dits i vaig tornar-li la mirada, a en Ramon. En els seus ulls ara hi havia una certa burla.

—Ets una reprimida! —va exclamar.

—Home... —i vaig adonar-me que em sortia, a mi també, la sornegueria de dins. I m'hauria agradat explicar-li que, quan en Jordi m'agafava la mà, jo no l'enretirava, sinó que atrapava la d'ell i la hi estrenyia amb força. I també m'hauria agradat aclarir-li que si ell mateix, en Ramon, me l'hagués agafat un temps enrere, jo no hauria pas dit que no. Però ara ja era massa tard. Ja no m'interessava la seva mà. M'importava més la d'en Jordi. En aquells moments no era ni tan sols capaç de recordar per què abans m'havia agradat tant en Ramon.

I ja no vaig continuar parlant. No valia la pena.

Vaig recollir la meva jaqueta, que era damunt la cadira, i vaig anar-me'n cap a la porta.

Vaig dir adéu en veu baixa i potser en Ramon no em va sentir, perquè va continuar amb la cara tombada cap a la paret, immòbil, tal com s'havia quedat uns segons abans, i no em va contestar.

Quan vaig arribar a casa, encara estava ben trasbalsada. Vaig desitjar que el pare no tingués res a dir, referent a les hores que tenia de tornar. Suposava que no es queixaria perquè no era gaire tard: només eren dos quarts de vuit.

—Hola! —vaig cridar des del passadís.

—Carlota! ¿Ja has arribat? —va preguntar, des de la cuina, el pare, amb una deducció *molt intel·ligent.*

Vaig estar a punt de contestar-li que no, que encara era a l'hospital.

En comptes d'això, però, vaig entrar a la cuina amb cara de filla col·laboradora.

El pare era enfilat a l'escala. Havia tret la pantalla del llum que hi ha al sostre i a les mans tenia un tub fluorescent. En Marc li aguantava l'escala (o ho feia veure!, perquè la sostenia només amb un dit).

—Carlota! necessito que vagis a comprar-me alguna cosa per comprovar si és el tub el que s'ha espatllat.

—Què he de comprar?

—Un encebador o alguna cosa per veure si fem funcionar el fluorescent.

—Alguna cosa? Si em donen una piruleta ja serveix?

—Vols deixar de dir bestieses? —va demanar-me el pare amb un dels seus millors tons seriosos (que són els que fa servir més sovint).

El pare i el seu *meravellós* sentit de l'humor!

Vaig agafar diners del pot que hi ha al damunt d'un prestatge de la cuina i vaig marxar.

Mentre corria pels carrers, perquè tenia por que em tanquessin la botiga, no em podia treure del cap en Ramon i la seva mà i la meva i la d'en Jordi. I quan vaig tornar a casa tenia un embolic terrible de mans a dins del cap. I, al damunt, tenia molt mal de panxa!

Vaig donar-li l'encebador al pare (finalment, havia deixat córrer la idea de dur-li, també, una piruleta). Li vaig dir que em trobava malament, perquè, potser, alguna cosa que havia menjat m'havia fet mal; de manera que m'estimava més no sopar.

El pare em va mirar amb cara de pare-pare, que és una cara molt especial que només saben fer els pares quan se senten molt pares i les mares quan se senten molt mares. I això passa normalment quan tu dius coses com:

1. em trobo malament.
2. estic molt amoïnada.
3. t'estimo molt!

I també passa quan ells diuen coses com:

—Que bonica és la meva filla!

O bé:

—Tinc un fill encantador!

I també:

—Els meus fills són els millors del món!

I el pare, després de fer la cara de pare-pare, va opinar:

—Això és que estàs a punt de fer-te gran (que era una manera de dir: «està a punt de venir-te la regla»).

Jo vaig pensar que ja començava a ser hora que em vingués, però no m'ho vaig acabar de creure perquè sempre era la mateixa història; quan em queixava de mal de panxa algú feia un d'aquests comentaris, i després no passava res de res. Començava a creure que jo no era normal.

El pare em va aconsellar que m'ajagués al damunt del sofà i em va deixar mirar la tele. A més, al cap d'un quart d'hora va portar-me una til·la, que estava boníssima, i es va asseure una estona al meu costat.

De vegades, el pare té cops amagats.

Dos dies més tard, just el dia del meu aniversari, el dia dels meus quinze anys, quan estava a punt de sortir cap a l'escola, vaig notar una sensació estranya a les calces.

Vaig córrer cap al bany i..., efectivament, com hauria dit el pare, *ja m'havia fet gran.*

I ara, què?

D'ençà que la mare havia marxat, havia desaparegut

la bossa de floretes que, penjada d'un prestatge, servia per guardar compreses i tampons.

—Maaarc!

Van passar uns segons, i res. En Marc no venia. És clar!, com que era sord, el meu *germanet*.

—Maaaaaaaaarc!

Vaig deixar transcórrer el que a mi em va semblar una estona respectable (però, en honor a la veritat, he de confessar que potser no van ser més de deu segons).

—MAAAAAAAAAAAAAAAAAAAARC!

Mig segon i:

—Que et penses que estic sord, espècie de cretina?

—Sí que m'ho començava a pensar, sí, perquè fa deu mil hores que et crido.

Silenci.

—Ets aquí encara?

—No, me n'he anat, si et sembla, perquè tornis a organitzar un escàndol. Què vols?

—Necessito que em facis un favor.

—Quin?

—Necessito que em portis una compresa.

Silenci.

—*Una compresa*? —veu d'incredulitat.

—Sí. Una compresa!

—I d'on et sembla que puc treure una compresa a aquestes hores? Vols dir-m'ho!

—No ho sé, ja trobaràs una solució tu que ets tan llest —vaig dir-li amb veu de mel.

Es va fondre.

—Ara torno.

L'ara es va convertir en una eternitat, almenys per a mi.

Després de l'eternitat: toc, toc, toc.

—Ets tu, Marc?

—No. Sóc en Rob Lowe, acabat de sortir del rodatge de «Class», que et ve a portar una compresa.

Vaig obrir una mica la porta i vaig allargar la mà.

Vaig pensar que, a la tarda, quan arribés a casa de la mare (perquè finalment havia aconseguit que, malgrat que no queia en dimecres, la festa del meu aniversari se celebrés a casa seva), això seria la primera cosa que li explicaria.

En Marc m'estava esperant a fora, al passadís. La veritat és que el meu germà és un sol quan vol (la pena és que no vol gaire sovint).

Quan corríem cap a la parada de l'autobús, li vaig preguntar:

—D'on l'has tret?

—Me l'ha donat la veïna del costat de casa.

—I no t'ha dit res?

—Sí. Quan jo ja l'havia agafat, ha dit amb veu de llàstima: «pobrets nens, sense la mare!».

—I tu què li has contestat?

—Res. M'hauria agradat fer-li llengotes però no he gosat. Al capdavall, m'havia donat la compresa, que era el més important.

Abans d'arribar a l'escola, havíem acordat declarar la guerra a tots els que diguessin coses com:

1. pobrets nens...! (sense necessitat de dir res més, perquè només el to ja ho indicava tot).

2. sembla mentida que, en el món, hi hagi mares com aquesta, que abandonen els seus fills (referint-se a la nostra mare, és clar!).

3. ves, ¿com pot un home ocupar-se de dues criatures?

A l'hora de pati vaig demanar a la Mireia que m'acompanyés a la farmàcia a comprar un paquet de compreses i vaig rondinar una bona estona: trobava que era incomodíssim això de tenir la regla. Ella va estar-hi d'acord i va opinar que, almenys, jo havia tingut sort, m'havia vingut un any més tard que a ella.

A la tarda, quan en Marc i jo vam arribar a casa de la mare, ella encara no hi era. A la porta de la meva habitació hi havia enganxat un missatge que deia:

FELICITATS CARLOTA!!!!!!
Arribaré una mica tard.
Però, no pateixis!, amb temps suficient
per preparar una bona festa d'aniversari.
A la cuina, damunt del marbre,
hi ha panets per atipar un regiment.
A la nevera hi ha formatges i embotits
perquè comenceu a preparar els entrepans.
PETONS - PETONS - PETONS - PETONS - PETONS
La mare

Final del missatge!

Molt típic de la mare!

I deia que no *patís*! Tenia la barra de dir que no PATÍS!

Vaig clavar un cop de peu a terra. Estava empipadíssima. Ja sabia jo que no havia d'haver confiat en la mare ni en la seva més que deficient manera d'organitzar-se el temps! Era molt capaç d'arribar quan tots els meus companys ja haguessin marxat.

—Vinga, Marc, som-hi. Anem a fer els entrepans i a donar-li a la casa una mica d'aire de festa.

No va caler! No va caler donar-li a la casa un aire de festa perquè la mare ja se n'havia ocupat. Havia penjat garlandes i fanalets per la sala i pel jardí, de manera que tot plegat semblava un envelat de festa major.

En Marc i jo estàvem bocabadats. Em sembla que en Marc una mica més que jo i tot. Va dir-me:

—Que fresca! Jo també vull una festa com aquesta quan sigui el meu aniversari.

Vaig notar que tenia una mica de gelos. Vaig acostar-me-li i li vaig fer una carícia a la galta.

—No t'amoïnis —el vaig tranquil·litzar—, et prometo que la tindràs igual.

Vam anar a la cuina i vam comprovar que la mare havia fet un pastís i havia omplert la nevera de begudes. L'única cosa que la mare no havia comprat era alcohol. Jo sabia d'algun company que arrufaria el nas.

Vaig decidir que la mare havia pensat en tot i que no tindria més remei que perdonar-la si es retardava una mica. Al capdavall, ella era així i no hi podia fer res.

—De pressa, Marc, preparem els entrepans, que només falta mitja hora perquè arribi tothom.

Just quan havíem començat a obrir els panets per la meitat i a untar-los amb tomàquet, va arribar la mare.

—Felicitats! —va cridar i em va fer dos petons tan forts que gairebé vaig quedar-me sorda. Després, va treure's un paquet petit de la bossa i un altre de més gros, me'ls va donar i va dir-me—: espero que t'agradi.

Els vaig desembolicar. En un, hi havia un diccionari d'anglès que em feia falta i, a l'altre, un llapis per als ulls de color violeta.

Vaig mirar-me el llapis i vaig pensar que només el faria servir quan estigués a casa de la mare perquè si el pare em veia amb els ulls pintats segur que s'empiparia.

—Vols que et faci la ratlla?

—Síííííí.

—Tu, Marc, continua preparant el berenar.

Va agafar-me pel braç i va acostar-me a la llum. Va passar-me amb molta delicadesa la punta del llapis per les parpelles inferiors, gairebé per dins.

—Vés-te a mirar —va dir-me la mare—, a veure si t'agrades.

Vaig examinar-me en el mirall del bany. Realment aquell color era molt discret. No es notava gaire que hi duia una ratlla, però, en canvi, els ulls es veien més grans i més brillants.

No vaig tenir temps de donar-li les gràcies a la mare; els de la classe havien començat a arribar.

La mare va convèncer en Marc: el millor que podien fer era deixar-nos el camp lliure. Per tant, van agafar-se uns entrepans, dos trossos de pastís i dues begudes, i van anar-se a tancar a l'habitació d'en Marc. De vegades és bo que mare i fill tinguin una estona per explicar-se les intimitats, ¿oi?

Ja hi eren tots: en Jordi, la Mireia, l'Àlex (si no l'arribo a convidar, la Mireia es mor), la Berta i en Pau (s'ho havien guanyat), la Mariona, en Pere i en Ricard.

El jardí els va deixar meravellats. Com que no feia gaire fred, vam determinar que podíem començar a celebrar la festa a fora i que, quan tinguéssim fred, ja entraríem.

Vam treure els gots i els plats de plàstic i el menjar a la taula del jardí i vam pujar molt el volum del tocadisc per poder ballar a fora. La veritat és que ballar el rock enmig dels matolls resultava una mica incòmode, però, en qualsevol cas, era divertidíssim.

Jo vaig intentar-ho amb en Jordi, però aviat vaig adonar-me que el rock se li donava molt malament, de manera que vaig acostar-me a en Ricard, que estava assegut sol en un raçó i es bevia una coca-cola, per demanar-li si volia ballar amb mi. En Ricard vola i et fa volar! M'hauria pogut passar hores girant i girant amb ell.

Però tot d'una algú va canviar la música. Ara ja no sonava un rock frenètic, sinó una cançó lenta del Bruce Springsteen. Vaig tombar-me cap a la sala per protestar al discjoquey, però no vaig dir res. En Jordi va abaixar amb suavitat la tapa del tocadisc, va allunyar-se'n i va venir cap a mi. Va agafar-me i vam començar a ballar molt a la vora l'un de l'altre.

De seguida vaig deixar d'amoinar-me pel que feien els altres. Només sentia la música i notava les mans d'en Jordi damunt les meves espatlles. Vaig pensar: «ara és l'oportunitat que esperava, ara li he de dir». I, quan era a punt de fer-ho, en Jordi em va estrènyer amb força. Em vaig quedar ben parada. «*El tímid*», vaig pensar. Però, després, vaig reaccionar i li vaig tornar l'abraçada. Sentia el seu alè càlid en el meu coll. Notava l'olor de la seva pell, la del seu sabó i la de la llana del seu jersei.

De mica en mica, ens havíem anat allunyant del grup i ens havíem posat darrere d'un arbre. M'agradava estar-me allí amb en Jordi i sentir el seu cos tan a la vora del meu. Aleshores ens vam fer un petó. Per ser el primer, va resultar molt curt i no tan espaterrant com jo me l'havia imaginat. Però va ser molt dolç. Estava contenta: ara ja sabia que a en Jordi també li agradaven les meves carícies com a mi m'agradaven les seves; ara ja no tenia dubtes, com aquell matí en el cine.

Després, ens vam fer molts més petons fins que vam sentir la veu de la mare, que ens deia que féssim el favor d'entrar a dins, que era molt fosc i feia molt de fred. Jo no me n'havia adonat.

Quan van marxar tots, en Jordi em va dir:

—Suposo que sortim junts a partir d'ara, ¿oi?

Jo vaig dir-li que sí amb el cap.

A la nit, va trucar-me l'àvia Anna per felicitar-me i jo vaig aprofitar per comunicar-li, sense que la mare em sentís, que l'endemà aniria a casa seva. Estava fent cortines de ganxet per regalar-li a la mare per Nadal, però necessitava la seva ajuda.

Mentre em despullava, vaig dir-li a la mare que la festa havia estat extraordinària i que estava molt contenta (no li vaig explicar res d'en Jordi, perquè tenia molta son i vaig pensar que ja n'hi parlaria un altre dia).

Quan la mare, després de fer-me un petó, ja tancava la porta de la meva habitació, vaig recordar que no li havia donat la notícia i la vaig aturar.

Em va semblar que l'emocionava una mica tenir una filla que *ja s'havia fet gran* (ja se sap, són coses que passen amb les mares quan fan de mare-mare).

Es va fer un tip de riure quan li vaig explicar la història de la compresa i els comentaris de la veïna i em va contestar que de cap de les maneres no esperava que les mentalitats estretes com la d'aquella dona poguessin entendre el que ella havia fet. En tenia prou si algun dia nosaltres, els seus fills, ho podíem entendre.

CAPÍTOL DESÈ

LES VACANCES de Nadal havien arribat sense que jo hagués pogut adonar-me'n. L'últim matí a l'escola, quan esperàvem que ens lliuressin les notes, vaig tenir consciència que, per primera vegada a la meva vida, no experimentava cap mena d'interès per aquelles vacances. I no m'interessaven per dues raons.

La primera: perquè en Jordi se n'havia d'anar de viatge amb els seus pares i, per tant, jo m'estaria una bona colla de dies sense veure'l ni poder parlar amb ell. El mateix passava amb la Mireia, que marxava al poble dels seus avis.

La segona: perquè les primeres vacances amb els pares separats prometien ser una tortura d'allò més refinada. Amb el pare, que ja havia començat a sospirar més que no pas ho feia els darrers dies i havia començat a notificar que un Nadal sense la mare NO ERA un Nadal. A més, els avis també havien començat (o continuat, depèn de com es miri) a rondinar, subtilment però insistentment, que una família que no està unida NO ÉS una família i que *pobret* Raimon i *pobrets* nens, tan sols i abandonats per la vida i que, d'aquesta manera, ¿voleu dir que val la pena celebrar res?

«Tot plegat *molt encoratjador*», pensava jo, asseguda al meu lloc, mentre esperàvem que tornessin els delegats de curs i el nostre tutor per comunicar-nos els resultats de l'avaluació i donar-nos les notes.

Hi havia un gran esvalot. La gent de la classe estava excitada. Tothom cridava i gesticulava i, tret de mi, ningú no era al seu lloc. En Pau i l'Albert havien iniciat una ferotge guerra de guixos. Els projectils creuaven l'aula com fletxes, i el sentit comú aconsellava no traspassar la línia de foc. Alguns havien trepitjat els projectils caiguts i el terra de la classe semblava un peix enfarinat. La Berta havia portat el seu cassette i un Michael Jackson a tot volum ens omplia el cap de bum-bum-bums. En Jordi, en un racó, parlava animadament amb la Mariona; les famílies de tots dos eren amigues i havien decidit fer el viatge junts.

Em sentia, altre cop, desgraciadíssima. Tornava a tenir el cor arrugadet com una poma.

M'hauria agradat que la Mireia o en Jordi vinguessin a parlar amb mi una estoneta. Però res! Ells ben capficats només en les seves coses: la Mireia intercanviant adreces amb l'Àlex i l'Anna, i en Jordi xerra que xerra amb la Mariona. Un fàstic...

La Berta se m'havia acostat sense que me n'adonés.

—L'has anat a veure?

Me la vaig quedar mirant com si fos marciana. De què parlava? D'una pel·lícula? De quina?

Ella va notar la meva cara d'interrogant.

—En Ramon, noia! Vull dir si no has anat a veure en Ramon.

Ah! En Ramon. Buf! No hi havia tornat d'ençà la tarda que ell havia intentat fer manetes amb mi i jo m'havia escapat esperitada.

Vaig dir que no amb el cap. Gairebé no tenia ni ganes de parlar.

—Que ja no t'agrada? —va preguntar la Berta.

Jo vaig arronsar les espatlles amb un gest ambigu que tant podia voler dir: «no gaire», com «no en tinc ni idea».

La Berta no es va donar per vençuda malgrat la meva tossuderia de no obrir la boca i, canviant de tema, em va demanar:

—No se't fa estrany això de viure amb el teu pare i no amb la teva mare?

Uf! Ja havien sortit. N'estava segura que algú dels que havia vingut a la meva festa d'aniversari acabaria traient el tema i gairebé hauria pogut dir, sense por d'equivocar-me (com es podia comprovar just en aquell moment), que la persona seria la Berta.

—No em sembla ni bé ni malament.

—T'ho van deixar triar, amb qui volies anar a viure?

Abans de contestar-li vaig adonar-me que no, que, realment, ningú no m'havia demanat el meu parer tampoc en aquella qüestió. Potser sí que a l'edat que teníem en Marc i jo, que ja no érem uns nens! (els mateixos pares ho deien quan els convenia), haurien pogut considerar la nostra opinió i deixar-nos-ho decidir.

Vaig tornar a moure el cap per dir que no, que no m'ho havien preguntat i vaig alçar un braç per aturar, amb la mà oberta, un guix que venia directament cap al meu nas.

—Els meus pares troben que està molt malament que una mare abandoni els seus fills —va opinar la Blanca, que, òbviament, havia estat seguint la nostra conversa amb una gran atenció.

—Ah sí? —vaig preguntar jo irritada—. Doncs, perquè ho sàpigues, la meva mare no ens ha abandonat. Continua ocupant-se de nosaltres i estimant-nos com abans. Només que, com que ja no viu amb el meu pare, amb algú ens havíem de quedar nosaltres. I no podien pas partir-nos per la meitat, ¿oi?

—No, és clar; però era més lògic que us quedéssiu a viure amb la vostra mare.

—Més lògic? No veig pas per què. El meu pare és completament capaç d'ocupar-se de nosaltres molt bé. Després d'això vaig girar-li l'esquena perquè no tenia cap intenció de continuar escoltant bestieses. Just en aquell moment van entrar a la classe els delegats i el nostre tutor.

Tothom va asseure's ràpidament i es va fer el silenci (fins i tot en Michael Jackson va emmudir enmig d'un refilet que es va anar allargassant progressivament amb tons molt greus: «booooooodyyyyyyy», va fer mentre perdia velocitat de mica en mica). Vam estar a punt de posar-nos a riure, però vam contenir-nos oportunament. La cerimònia de lliurament de les notes era prou solemne per obligar-nos al silenci més absolut.

Jo em sentia nerviosa. No estava gaire tranquil·la pel que feia al meu conflicte amb la Comes. És veritat que l'examen trimestral m'havia anat molt bé i que els darrers controls parcials tampoc no havien estat dolents, però la mitjana era tan baixa que tenia por de no haver passat l'assignatura. Només li faltaria allò, a aquell Nadal desgraciat!

El cor em pesava dins del pit com si fos de plom, com ja m'havia passat altres vegades. Vaig mirar de prendre-m'ho amb tranquil·litat: el meu cognom era un dels últims de la llista.

Álvarez, Banda, Barragan, Besora, Bosch, Carreres, Castro, del Pozo, Espot, Fernández.

FONT! En Jordi es va aixecar, va agafar el paper

taronja amb les notes informatitzades i va picar-me l'ullet; ho havia aprovat tot.

Vaig concentrar-me perquè funcionés la meva tècnica de desitjar molt una cosa. «Que ho hagi aprovat tot, que ho hagi aprovat tot, que ho hagi aprovat tot», vaig demanar fervorosament.

Gassol, González, Labajos, Massot, Nualart, Pagès, Pérez, Pinart, Quesada, Ríos, Salvià, Sales.

TERRADES! Vaig alçar-me completament concentrada. No vaig voler mirar ningú per por de desconcentrar-me.

SALVADA! Havia aprovat totes les assignatures, fins i tot la llengua!

Vaig anar-me'n cap al meu lloc més contenta que si m'haguessin regalat una entrada per a un concert de la Madonna. De tota manera, no estava gaire segura que fos la meva tècnica dels desitjos fervorosos la que hagués fet el miracle. Més aviat m'inclinava a creure que les classes amb en Jordi hi havien contribuït de manera contundent. En qualsevol cas, la Comes havia aconseguit que la poma arrugadeta que tenia per cor pesés una miqueta menys del que pesava quan havien començat a repartir les notes. Però vaja...

Toro, Valdecasas i Vilardell.

Tothom es va alçar del seu lloc. Tothom va cridar d'alegria. Tothom es va acomiadar. Tothom va marxar a casa seva.

Les vacances acabaven de començar! (i jo amb aquell estat d'ànim tan *galdós*!).

Em vaig quedar a dinar a l'escola, com si fos un dia normal.

Vaig agafar una safata i vaig acostar-me a la «barra» on servien els menjars. Quan ja era a la cua esperant perquè m'omplissin el plat, vaig veure la Júlia que em feia un senyal des de la vora dels fogons. Em deia: «acosta't».

Vaig pensar que segurament volia demanar-me que aquells dies de Nadal anés a fer companyia a en Ramon. I vaig pensar, també, que tenia raó que l'havia d'anar a veure perquè devia estar avorridíssim de no fer res, tant de temps ajagut en un llit, i que devia tenir-ne un tip de l'hospital. Fet i fet, jo tenia vacances i em quedaria molt de temps lliure, de manera que li podia dedicar cada dia una estona. Ara, si se li acudia de fer manetes altre cop, s'acabarien les visites en sec.

La Júlia va eixugar-se les mans i va acostar-se'm. Jo vaig sortir de la filera perquè les ajudants de la cuina poguessin servir el menjar a la gent que hi havia darrere meu.

Vaig voler fer contenta la Júlia (tenia mala consciència perquè, últimament, tots plegats ens havíem oblidat d'en Ramon) i, abans que ella digués res, vaig comunicar-li la meva intenció d'anar a l'hospital aquella mateixa tarda.

—Justament, Carlota, per això volia parlar amb tu, perquè ja m'ho pensava que hi aniries.

Vaig alçar les celles perquè no entenia què volia dir.

—Que no el trobaràs, que ja no és a l'hospital.

Vaig tornar a alçar les celles (i vaig considerar que era una de les persones amb més habilitat per trobar respostes intel·ligents que hi havia damunt la capa de la terra).

La Júlia també devia trobar que jo estava molt àgil mentalment, però, en tot cas, no me'n va fer cap retret, es va limitar a aclarir-me per què no trobaria en Ramon a l'hospital.

—Aquest mateix matí l'han anat a buscar el meu marit i la meva germana. Perquè li han donat l'alta, ¿saps?

No, no ho sabia i estava ben parada. Tots els de la classe ignoràvem que en Ramon estigués prou bé per abandonar l'hospital.

—Aniré a veure'l a casa vostra —li vaig respondre, convençuda que es posaria molt contenta.

—Em sap greu, però no pot pas ser. Aquesta tarda, quan jo acabi d'ordenar la cuina, marxem cap al poble on viu la meva germana.

Vaja! Un altre que se n'anava de viatge totes les vacances de Nadal. Quina dèria els havia agafat!

—I quan tornareu? —li vaig preguntar, convençuda que no s'hi passarien tots els dies.

—El meu marit i jo tornarem el vint-i-set. Ens agradaria poder-nos-hi quedar fins al final de les vacances, però, ja se sap, aquests dies al colmado hi ha molta feina i no podem pas faltar.

—I en Ramon? Quan tornarà en Ramon?

La Júlia va sospirar.

—En Ramon es quedarà al poble de la meva germana fins el mes d'agost.

—Fins a l'agost! Però per què?

La Júlia va tornar a sospirar.

—Perquè el metge ens va explicar que encara està convalescent i que, abans no pugui fer una vida normal, passaran ben bé vuit mesos. De manera que s'ha de quedar a casa, però nosaltres no podem pas estar per ell. En Joan ha d'anar al colmado i jo he de venir a l'escola; és per això que l'envio amb la meva germana. Ella no té res més a fer i diu que se'n pot ocupar.

—Però, aleshores, perderà el curs i l'any vinent no anirem junts.

La Júlia va tornar a sospirar i aquesta vegada els ulls se li van posar brillants.

—Ni al mateix curs ni a la mateixa escola, filleta.

—Això vol dir que el canvieu d'escola?

La Júlia va sacsejar el cap i va tombar-se perquè jo no pogués observar com s'eixugava les llàgrimes dels ulls, però ho vaig veure igualment. També vaig poder adonarme, amb la cua de l'ull, que el senyor Manel començava a inquietar-se perquè ja feia molta estona que parlàvem i, per tant, que la Júlia tenia desatesos els fogons.

—Sí —va respondre'm tornant a girar el cap—, el meu marit diu que ja n'hi ha prou de perdre el temps. En Ramon va repetir primer de B.U.P., com tu ja saps, i ara haurà de repetir el segon. I el seu pare, que no està per orgues i troba que això d'estudiar no serveix gaire per res, s'estima més que el vagi a ajudar al colmado.

—De manera que ¿no continuarà estudiant?

—Sí, sí. Hem quedat que de dia li donarà un cop de mà al seu pare, i als vespres farà B.U.P. nocturn en un institut.

La Júlia estava trista i jo no sabia què dir-li que la pogués consolar. Sortosament, el senyor Manel no semblava disposat a deixar-me reconfortar-la ni molt ni poc, sinó gens ni mica.

—Senyora Júlia! —va bramar—. Les patates s'estan cremant.

—Adéu, bonica! —va dir-me molt de pressa. I va marxar.

Quan ja era al davant dels fogons, va llançar-me un petó amb la punta dels dits.

Vaig anar-me a buscar el menjar.

ECS! Espinacs! No els podia suportar! Ni tan sols era capaç d'empassar-me'ls sense respirar, perquè quan em baixaven per la gola em provocaven unes arcades de fàstic que s'acabaven, inevitablement, en vòmits.

A la taula, al meu davant, hi havia la foca d'en Miquel, un de primer que menja com una llima.

—En vols? —vaig oferir-li els meus espinacs.

—Sííí! —va respondre'm amb un somriure ample.

I va abocar-se tot el contingut del meu plat en el seu. Quina sort!

Després de dinar vaig anar a comprar el regal que en Marc i jo havíem acordat que calia fer al pare: un llibre de cuina. Tots dos estàvem tips de menjar cada dia les mateixes coses i havíem decidit que el pare, i nosaltres de passada, havíem d'aprendre a cuinar.

Quan vaig arribar a casa, vaig agafar les cortines de ganxet que li volíem regalar a la mare i vaig posar-me a treballar. Ja em faltava molt poc per acabar. La veritat és que l'àvia Anna m'havia ajudat moltíssim el dia que vaig anar a casa seva perquè em resolgués alguns dubtes que tenia. A més a més de resoldre-me'ls, m'havia fet un bon tros de labor, i les cortines havien avançat molt. En Marc, també havia contribuït a què avancessin una mica, però no tant com l'àvia ni jo.

A dos quarts de set va arribar en Marc, contentíssim perquè ho havia aprovat tot.

—Moltíssimes gràcies —em va dir i va fer-me un petó vergonyós.

Em va agradar. Em vaig considerar una germana fora de sèrie i em vaig estarrufar tota.

Vam sentir que arribava el pare i vam córrer a ensenyar-li les notes.

—Les notes, les notes! —va cridar en Marc, mentre trotava pel passadís com el setè de cavalleria entrant en combat.

El pare va somriure. No calia ser gaire perspicaç per endevinar que si teníem tant interès a ensenyar-li les notes era perquè ho havíem aprovat tot.

Va asseure's a la butaca de pell gastada i va preguntar:

—Qui comença?

Jo vaig allargar-li la butlleta.

Abans de mirar-se-la, va voler saber si havia recuperat l'insuficient de llengua (quina memòria que tenia, Senyor!).

—Molt bé, molt bé —anava fent a mesura que llegia els meus resultats.

Va alçar el cap per comentar-me:

—Estic molt content de tu, Carlota (jo em vaig estarrufar altre cop) —i, després, va afegir—: ara, tu, Marc.

I, aleshores, va fer cara de rumiar. Ens va mirar com si hagués oblidat alguna cosa important.

—Mmmm... No recordo les teves notes de l'avaluació anterior. Res de res.

El pare feia cara d'estar disgustat amb ell mateix, perquè està convençut que té una memòria d'elefant i que mai res no li fuig del cap.

Va quedar-se abstret. I jo vaig tenir la sensació que es pensava que estava perdent facultats perquè es feia vell. M'hauria agradat tranquil·litzar-lo i explicar-li que la seva memòria, segurament, era TAN extraordinària com sempre, però no ho vaig fer. Perquè dir-li-ho hauria estat molt perillós: hauria destapat la qüestió de la butlleta tramposament signada per mi.

Vaig desitjar intensament que tot sortís bé. Tenia la convicció que necessitàvem tota l'ajuda possible.

—Bé. No hi fa res. Marc!, la butlleta.

En Marc la hi va allargar i em va mirar amb cara compungida. Tenia por que es descobrís la trampa i estava patint.

—Molt bé, Marc, molt bé... Ah! Això són les notes

de l'altra avaluació, ¿oi? —va dir mentre assenyalava, efectivament!, la columna de notes de l'avaluació anterior.

(«Maleïda informàtica», vaig dir-me jo, «si els professors haguessin de posar les notes a mà, només hi hauria les d'una avaluació»).

En Marc va respirar a fons. Jo, també.

—Mmmmm —va fer el pare arrugant les celles—, de manera que vas suspendre la física i les socials, ¿eh?

En Marc va fer cara de bona persona i va contestar ben de pressa:

—Sí, però no té importància, el cas és que ara ho he aprovat tot.

—COM que no té importància...?!

—No en té, pare; era només l'avaluació orientativa.

—Orientativa? Orientativa per a qui? Per a tu només, m'imagino. Perquè a mi no em va servir d'orientació, ¿oi? De què serveix una avaluació orientativa si no l'ensenyen als pares?

La situació s'estava complicant per moments. El pare seguia un camí lògic, a través del qual aviat arribaria a treure l'entrellat de l'embolic. I, quan ja ens pensàvem que res no tenia remei, el telèfon ens va salvar.

El pare es va alçar de la butaca i va començar la seva cursa cent-metres-valles (entenent per valles el sofà de la sala).

—Uf! —va sospirar en Marc—, de bona ens hem lliurat.

—No cantis victòria, petit, que encara no s'ha acabat.

Però sí que s'havia acabat, perquè, quan va penjar el telèfon i va tornar, li havia canviat la cara i ja no es recordava de l'existència de les notes.

Amb la mare, la situació es va resoldre d'una altra manera. Quan li vam donar les butlletes, va exclamar:

—No recordo que en Marc m'ensenyés la seva, a la primera avaluació.

I, com que nosaltres dos no dèiem res, va afegir amb un to que deixava ben clar que ho sabia tot:

—Oi, Marc?

Després, va mirar-nos amb aire conciliador i va explicar:

—Bé, no hi fa res. Era una època prou complicada per tots. Espero que no tornarà a repetir-se.

En Marc i jo vam sospirar alleugerits.

Els dos primers dies de les vacances van passar molt a poc a poc. Em sentia de mal humor i tenia ganes de començar altre cop l'escola.

Per acabar-ho d'adobar, vam haver d'anar a casa dels avis a celebrar el dia de Nadal, i, tal com ja havia previst, més que una celebració de res, l'escena recordava un enterrament. Els avis s'havien vestit de negre i semblaven un parell de corbs.

Un dels corbs, l'avi, feia l'efecte de ser mut, perquè tan sols va ser capaç de dir, en un to sever:

A en Marc i a mi:

—Que no teniu educació? Que no sabeu desitjar bon Nadal als vostres avis?

Al pare:

—Massa tou, vet-ho aquí, per això t'ha passat tot el que t'ha passat. Mà dura d'ara en endavant, si em vols creure a mi, que et convé.

Tret d'aquestes frases tan simpàtiques, no va tornar a obrir la boca en tota l'estona, ni tan sols per dir-li a l'àvia que l'escudella li havia quedat boníssima. I això que ho estava de debò!

L'altre corb com si li haguessin donat corda:

—*Pobrets* nens, *pobret* Raimon, mengeu, mengeu, que

vés a saber si aneu prou alimentats en la vostra situació.

I, tant si vols com si no vols, vam haver de menjar dos plats d'escudella (i de debò que estava molt bona, però, si me'n menjava dos plats, després no podria empassar-me el capó amb prunes i pinyons).

L'àvia, quan callava, es dedicava a sospirar amb aire de víctima. No sé què era pitjor, almenys si parlava semblava que omplia una mica l'ambient.

El pare no va resistir la sobretaula, que prometia ser tan excitant com l'àpat. Ens va dir que ens poséssim les jaquetes que marxàvem. I ens va portar al cine a veure una pel·lícula de riure. Va ser una gran idea.

Després, les vacances van començar a millorar.

El dia trenta-u de desembre va ser el millor de tots. Vam celebrar-lo amb la mare. La casa era plena de gent que jo no coneixia. Em vaig quedar ben parada de comprovar que la mare tenia tants amics que jo mai no havia vist (i dubtava, també, que el pare els hagués arribat a conèixer mai). Gairebé tots i totes tenien l'edat de la mare, però dues de les parelles havien vingut amb els seus fills. Un d'ells, en Ferran, tenia la meva edat i va resultar que ballava fantàsticament bé. Ens vam divertir moltíssim. Vam quedar que un dia durant el que quedava de vacances aniríem al cine (i ho vam complir).

També va estar molt bé el dia de reis en què el pare va tenir un cop amagat dels seus i va regalar-me una mini. UNA MINI! Gairebé no m'ho podia creure. El pare, tan carca, havia aconseguit sorprendre'm.

Quan ja gairebé s'acabaven les vacances, vaig rebre una carta d'en Jordi. Vaig córrer cap a la meva habitació i m'hi vaig tancar per poder-me-la llegir amb calma.

La carta era força curta, com si en Jordi hagués tingut mandra d'escriure. El vaig entendre perquè a mi també em passa, però m'hagués agradat que fos més llarga. No em vaig enfadar gens, però, perquè a dins del sobre, juntament amb la carta, hi havia una fotografia. Era d'ell, ajagut en un prat molt verd. Del seu cap, sortia una bafarada dibuixada amb bolígraf i, a dins, en Jordi hi havia escrit: CARLOTA!

Vaig penjar-me la fotografia al costat del llit, per tenir-la ben a la vora.

Em sentia feliç. Altre cop tenia la sensació de ser lleugera com si fos un bunyol de vent.

I aquella nit, ben colgada en el meu llit, vaig considerar que, tot i que de vegades encara sentia el meu món a bocins, d'altres, en canvi, trobava que un món nou i diferent començava a néixer al meu voltant.

Barcelona - Cadaqués, 1988 - 1989

ÍNDEX